KB062995

지구촌으로
소풍 나온 외계인

지구촌으로
소풍 나온 외계인

최휘남 장편소설

도화

차례

작가의 말

우주나루터
신축 현장에서
생긴 소동

때는 서기 2222년,

지구촌 K국 J도 샘물도시 앵무산자락에서는 우주나루터 공사가 막 착공되고 있었다.

서쪽으로는 S만의 푸른 바다가 내려다보이고 멀리 K국 우주센터를 건너다보면서 이른 봄볕과 함께 박진감 넘치는 지구인들의 열기가 솟구쳐 올랐다. 몇 달 전까지만 해도 측량기를 걸머멘 기사들이 왔다 갔다 하고 그 뒤로 빨간 말목을 짊어진 잡부들이 분주하게 표지 목을 여기저기 박아대더니 오늘부터는 지하 터 파기가 시작되었다.

'쿵 다 닥 쿵~ 쿵다~ 닥!'

유압 해머가 지지대를 내려치고 거대한 기중기와 덤프트럭은 빨강 깃발을 든 안내원의 지시에 따라 일사불란하게 움직이고 그 뒤를 이어 대형건설장비들과 철 자재를 실은 트럭이 굴착기를 앞세워 공사장으로 들이닥쳤다. 조금 있자 착암기가 요란한 굉음을 내며 에이치—빔을 실은 덤프트럭과 함께 개미 떼 같이 꼬리를 물고 들어왔다. 고즈넉하고 괴괴하기만 하던 솔밭 푸른 산중에 이런 대형 공사가 터지다니···. 소음과 진동으로 흙먼지가 뿌옇게 솟아난 공사판 사이로 잡부들과 현장 직원들이 부리나케 뛰어다니고 노란 팔띠를 두른 간부의 지시에 따라 각자 맡은 업무에 종종걸음을 쳤다. 이러한 열기를 북돋위 주기라도 하려는 듯 아침 햇살은 축복의 나래를 펴고 널따랗게 깎아 다듬은 공사장 주변을 쓰다듬어 주었다.

아까부터 북쪽 산등선에서 이 광경을 유심히 살펴보고 있는 한 청년이 있었으니, 그는 노동판이 흥미롭다는 듯, 뭔가에 골똘하며 고개를 좌우로 갸웃거렸다. 조금 있자 그는 오른쪽 팔을 들어 주먹을 불끈 쥔 채 입술을 틀어막고 헛기침을 한두 번 토하더니 혼잣말로 구시렁구시렁 씨부렁거렸다.

'에이, 답답한 친구들아! 어떻게 저런 미개한 장비로 저 큰 공사를 하려느냐? 아직도 지구촌에는 장난감 같은 장비와 야만인들로 득실거린 모양이네? 흥! 원시인들이 돌도끼로 호랑이 잡던 식이야?'

　나이는 한 삼십 줄에서 왔다 갔다 해 보이고 노동이라곤 '노'자도 꺼내기 힘들 정도로 희멀건 얼굴과 말쑥한 신사차림이었다. 우리 식으로 말하면 귀티가 좌르르 흐르는 양갓집 귀공자 같은데 그런 어중이 샌님이 어떻게 이런 후미진 산골까지 출타해서 저런 푸념을 늘어놓고 있을까? 그 사연이 묘연하기도 하지만 더더욱 심장深長한 것은 그가 막노동판과는 거리가 먼 핸섬-보이라는 것이다. 막노동판을 전전한 노동자거나 아니면 건설업에 관록이 있는 사람이라면 그의 시근덕거리는 반응에 어느 정도 수긍이 가겠는데 공사판 노동자라고는 손톱만큼도 찾아보기 힘든 사람이 건설 현장을 넌지시 건너다보며 시큰둥한 반응으로 비아냥거리니 괴이쩍다는 것이다. 그뿐이면 말을 안 해. 그를 이 현장으로 초대했다거나 공사에 대한 자문을 구한 사람도 없었다. 그런 그가 홀연히 공사판 인근에 나타나서 쓴웃음을 짓는가 하면 못마땅해 하듯 툴툴거리다가 토끼가 세수하듯 자기 얼굴을 두 손으로

지구촌으로
　소풍 나온 외계인

홈치는가 싶더니 눈 깜짝할 사이에 공사판 바로 옆까지 바짝 다가섰다. 그 동작이 어찌나 빠르고 민첩한지 꼭 도깨비가 재주를 부리듯 둔갑술을 펴는 것 같았다.

"제가 저 작업을 도와드리겠소."

체구와는 달리 목소리는 천둥치는 소리를 내며 앵무산자락을 뒤흔들었다. 그 괴성에 놀란 잡부들이 일제히 소리 나는 쪽을 돌아봤다.

"에구!~ 귀청 째지겠네!"

"제가 저 공사를 돕고 싶다고 했소."

청년을 건너다본 잡부들이 일제히 입을 틀어막고 킥킥거렸다.

"뭐라! 네가 시방 잠꼬대 하냐?"

그는 다시 목청을 다듬어 지진이 난 듯 괴성을 질렀다.

"내가 당신들 작업을 도와드리고 싶다고 했소!"

"당최 무슨 소리를 하는지 모르겠어? 헤~헤…"

"애고, 저 약골이 이 엄청난 공사를 돕겠다고."

리어카로 공구들을 운반하던 잡부들이 일제히 웅성거리기 시작했다. 그 사이로 현장소장도 뒷짐을 지고 나타나 일꾼들 틈에 끼어 그 불청객을 꼬나보았다.

"지금 뭐라켔노?"

"제가 저 일을 돕고 싶다고 했소!!"

괴청년의 반문에 현장소장은 입술을 귀까지 찌그러뜨리며 하늘을 올려다보며 헛기침을 쳐댔다.

"참 별꼴 다 보겠네! 어디서 저런 낮도깨비가 나타났나?"

상대가 워낙 약골인데다가 씨도 안 먹힐 소리를 하니까 여기저기서 빈정거리며 뱁새 지저귀듯 난리가 났다. 그도 그럴 것이 벽돌 한 장도 겨우 들까 말까 한 왜소한 체구에다가 손에 흙 한 줌 묻혀 보지도 못했을 놈이 아무 장비도 없이 맨손으로 에이치-빔이며 무거운 장비를 옮기는 작업을 돕겠다고 하니, 코웃음을 칠 수밖에….

"크크, 저리 비켜라… 응~으응."

이를 뿌드득 가는 노동자들의 반응은 '가당키나 하나?' 하는 무시하는 소리가 묻어 있었다. 분위기가 험악하고 신청도 하지 않자 그 괴청년은 화가 치밀었는지 공사장을 향해 남포 터지는 소리로 부르짖었다.

"왜? 내 말이 말 같지 않소!"

에고, 귀청이야! 뇌성벽력 같은 소리가 주변을 뒤흔들자 그제서야 작업반장으로 보이는 노랑 팔띠를 두른 간부가 나타나서 신경질적으로 받아쳤다.

"야! 이, 밥통아! 뭐가 어쩌고 어째?"

괴청년은 잠깐 얼굴을 찡그린 듯싶더니, 다시 사자가 울부짖듯 소리를 토해냈다.

"제 능력을 의심하나요? 저런 일쯤은 40분이면 해치울 수 있소."

"와! 햐~, 까르르."

완전히 돈 놈 아냐? 듣고 있던 잡부들이 일제히 성질을 냈다.

"야, 이 맹추야, 너 지금 우리를 희롱하냐?"

"그렇지 않아도 힘들어 죽겠는데, 어디서 저런 푼수가 나타났지?…"

너무나 어이가 없고 황당한 소리를 나불대니까 누구라도 그이의 말에 귀 기울인 사람은 없었다.

"야! 너, 실성했냐? 미쳐도 곱게 미쳐라… 응!~"

마침내 일꾼들이 신경질적인 반응을 하며 팔을 걷어 붙였다. 멱살이라도 금방 틀어쥘 태세다. 터파기 전, 파일 작업만 대형 중장비로 삼 개월 이상 걸릴 거로 공정이 잡혔는데 어떻게 저런 거창한 작업을 맨손으로 사십 분 만에 해치우겠다는 거야? 조롱하는 것도 유분수지….

"너, 지금 장난 치냐?"

"카르르르."

여기저기서 이젠 가지고 놀기 시작했다. 어느 일꾼은 터지는 웃음을 참느라 바지에 오줌을 질금질금 지리기까지 했다.

"야! 너, 술 취했냐? 아침부터 술주정하게."

"약간 맛이 간 놈 아냐?"

"재수에 옴 붙었네."

"하하하."

노란 완장을 두른 반장이 또 나타나서 핀잔을 때렸다.

"야! 맹추야 너 지금 날 굿 하냐? 네 집에 가서 빨래나 해라! 응….."

그도 그럴 것이, 노동자들에게는 터파기 직전 준비 작업이 제일 힘들고 험난한 과정이다. 맨손으로 자재 나르는 일을 해야 하고 철재—빔을 크레인에 매달아 파일 할 자리로 옮기는 등 무거운 자재들을 크레인에 매달기 위해 지켜 서서 매듭도 짓고 풀어 주는 일을 하기 때문이다. 그런 힘든 작업을 어떻게 단 사십 분 만에 해치울 수 있냐 그 말이거든. 이런 상황에서 노동자들을 희롱하듯 주접을 떠니 그 어떤 노동자라도 화가 안 치밀 수 없었다.

"저 친구 공사판을 깔보는 것 같아?"

"그 험한 욕을 다 먹고도 신청도 안하네."

불청객은 한 발짝 더 다가서더니 양발을 딱 버티고 현장을 내려다보며 조소를 피식 보내더니 더 큰소리로 울부짖었다.

"내가 저 일을 도와주겠소!"

참다못해 현장 잡부들이 업무방해죄로 고소하겠다고 나설 태세다. 순조롭던 공사판이 일순간에 분위기가 험악하게 뒤바뀌고 여기저기서 공포분위기 싸늘해지자 잡부 한 분이 이제는 그 불청객 턱 밑까지 바짝 다가가 히죽히죽 빈정거렸다.

"한번 맡겨보지 그래?"

헤헤, 하도 기가 차니까 빈정대며 '맡겨보자는' 사람도 나오고, '보나 마나 정신 헷갈린 놈한테 뭘 맡기냐'며 두 패로 나눠져 옥신각신 다퉜다. 그러자 공사장에 '령'이 서니 안서니 또 다른 분란이 터져 나와 난리도 그런 난리가 없었다. 마침내 현장 소장이 밭은기침을 하며 그 불청객을 사무실로 불러들였다.

"너. 진짜로 저 일을 40분 만에 해치울 수 있나?"

"그럼요 누워서 떡 먹기죠."

"헛소리로 공사에 차질을 줄 경우 가만 두지 않겠어."

"농담이 아녀요. 저를 한번 믿어 보세요."

"그러면 어디, 믿을 만한 시범을 한 번 보여 줘 봐."

"좋소. 일단 저 에이치 빔을 설계안대로 몇 가닥만 파일 할 자리로 옮겨 드리겠소. 그러니 주변을 대충 치우시요."

즉시 현장 소장이 마이크로 에이−빔 야적장 주변을 치우라고 명했다. 그러자 현장은 일시 중단되고 젊은 불청객은 터 파기 표시로 하얀 횟가루 선을 따라 에이치 빔 몇 가닥을 성냥개비 나르듯 공중부양으로 나열시켰다.

"어~ 어 어! 저게 뭐야?"

"오매, 저게 마술인가 뭔가? 철재−빔이 날아다니네. 허어, 참~"

눈 깜박할 사이에 무거운 에이치−빔 10여 가닥이 파일 할 자리로 옮겨졌다. 조금 전까지만 해도 그를 비비꼬고 무시 여기던 사람들이 놀란 눈을 비비고 다시 봐도 희한한 일이 벌어진 것이다. 어떻게 저 무거운 에이치−빔이 아무 손도 거치지 않고 괴청년의 눈짓하나로 공중으로 날아올라 목적지에 한결 같이 나열되느냐 그 말이거든, 그렇다고 다른 장비의 도움을 받는다거나 유도 기구를 동원한 것도 아니다. 현장사무실에서 그냥, 눈동자를 한번 찔끔 떴다가 감으면 어김없이 에이치-빔이 날아올라 지정된 장소로 옮겨졌다.

"햐!~, 기차네, 기가 차! 도대체 저게 뭐지?"

구경하던 인부들이 서로서로 마주보며 놀란 입을 감추지 못했다. 분위기가 180도로 뒤바뀌자 이제는 서로 앞줄에 서서 구경하려고 난리도 그런 난리가 없었다.

"아하, 저게 바로 헤라클레스의 괴력이라는 거잖아?"

시끄러! 헤라클레스가 저렇게 빠르면 내 손에 장을 지지겠다. 눈으로 확인하기조차 힘들 정도로 빨랐다. 그뿐이면 말을 안 해. 그 청년은 현장사무소에서 편안한 자세로 공사장을 내려다보고 하품 하듯 눈동자만 이리 굴렀다 저리 감으면 그만이었다.

"햐, 기절하겠네. 저게 속임수야 현실이야?"

기염을 토해내는 소리가 공사장을 뒤덮었다.

"꼭, 도깨비한테 홀린 기분이야."

"누가 아니래."

당최 이해가 되질 않아. 어린애들이 이쑤시개로 장난치는 것도 아니고 어떻게 저 무거운 철재-빔이 하늘로 날아올라 이동하느냐 그거야? 구경꾼들은 자기 눈을 의심하며 비비적거려도, 그 괴청년이 한다는 짓은 고작 눈을 한 번 치켜뜨고 내리감으면 그만이었다. 햐~, 그 수 하나로 저 무거운 에이치-빔이 속속 제자리로 옮겨지다니? 마치 번갯불에 콩 볶듯하네. 그제서야 현장 소장이 무릎을 쳤다.

"햐! 저게 바로 초능력이잖아? 염력念力이야 염력!"

여기저기서 괴성이 터져 나왔다.
"아니, 염력을 발휘할 사람이 어디서 나타났지?"

일용직 잡부는 물론 현장직원들까지도 귀신에 홀린 듯 멍하니 공중으로 날아다니는 에이치-빔만 응시했다. 물론 이 세상 누구라도 그 장면을 목격했다면 벌어진 입을 다물지 못했을 것이다.

"햐, 초능력! 초능력! 말만 들었지 언제 우리가 초능력을 실제로 봤어! 햐, 기차다 기가 차….”

그렇다면 저 불청객은 귀신? 아니면 초인이거나 외계인? 그것도 아니라면 전지전능하신 신神일 진데 그런 인격체가 머리털 나고 처음 사람들 앞에 나타났다는 것 아냐.

“햐!~ 저런 괴인이 어쩌자고 이런 골짜기까지 왕림하셨나?”

천지가 개벽이라도 하려나, 아니면 뒤집어지려나? 별의별 푸념들이 다 쏟아졌다.

“햐, 심령술도 아니고? 속임수도 아니라는데…”

이 사건으로 공사장은 어정버정 오전 시간이 다 지나고 점심시간으로 접어들었다. 현장소장이 그 괴청년에게 점심이나 대접하려고 식당으로 같이 갈 것을 제의했으나 그는 어제 식사를 했기 때문에 한 3개월은 안 먹어도 거뜬하다며 사양했다. 직원들 모두가 식당으로 향하고 작업반장이 그 자리에 남아 불청객을 감시하기로 했다.

“아, 참 당부할 말이 있는데 손님께 부탁드려도 되겠습니까?"

현장 소장은 식당으로 향하면서 그 괴청년에게 넌지시 의중을 타진했다. 말씀하세요. 우리가 식사를 마치고 나오는 동안 저 에이치―빔을 설계도대로 파일 할 장소로 좀 옮겨 주었으면 좋겠는데?

"그렇게 하죠, 우선 타설할 자리로 운반만 해놓겠습니다."

흐흐, 어디서 저런 효자가 나타난 거야? 막노동꾼들은 휘파람을 불며 콧노래를 쳤다. 그 괴청년은 작업을 진행하면서도 설계도면을 보자거나 측량 경계가 어떻게 됐냐는 질문도 없었다.

"벌써 독심술讀心術로 청사진을 다 파악했겠죠."

한 치의 오차도 없이 설계도에 제시된 대로 에이치―빔이 가지런히 나열되었다. 그 속도는 눈 깜빡할 사이였다. 시간을 재고 있던 작업반장은 에이치―빔이 모두 파일 할 자리로 옮기는데 약 10분 정도밖에 안 걸렸다고 보고했다.

"괴청년의 실력이 입증된 셈이네요."

도대체 괴물이야 사람이야? 저 정체가! 작업반장은 놀란 눈을 감추지 못하고 그 불청객을 쏘아보며 물었다. 저 철재-빔을 지하 5층 깊이까지 박아야 하는데 그것도 가능할까요? 괴청년은 거침없이 대답했다.

"5층 깊이는 식은 죽 먹기죠."

"몇 시간이면 가능할까요?"

"몇 시간까지 갈 것도 없어요. 한 20분이면 족하죠."

"뭐요? 인부들이 수백 명 달라붙고 최첨단 건설장비로도 3개월 이상 걸릴 작업을 단 20분에 해치울 수 있다고?"

"아, 하는 걸 보셨으면 알 것 아닙니까?"

작업반장이 놀란 입을 다물지 못하고 헤벌쭉 서 있자 그 괴청년은 '입 냄새난다며' 농담까지 곁들여 여유를 보였다. 일단 설계상 공정은 파일 작업을 마쳐야 터파기가 시작되기 때문에 그 괴청년의 심기를 건드릴 필요는 없었다.

이 사실이 곧장 소장에게 보고되었고 현장 소장은 실패할 경우를 대비해 배상하겠다는 약조를 받고 약정서를 만들어 터파기 쇠말뚝 작업을 그 괴청년에게 맡겨 보기로 했다.

점심 식사가 끝나고 현장 소장은 그 괴청년과 잠깐 커피타임을 가졌다. 그런 후, 약정서를 서로 교환하고 곧 이어 작업 승낙이 떨어졌다. 순간 그 괴청년은 손짓으로 나열된 파일을 주섬주섬 말뚝 박는 시늉을 해댔다. 그 동작은 마치 어린애가 수박껍질에 이쑤시개를 꼽는 형식과 흡사했다. 현장과 사무실은 약 삼백오십 미터 정도 떨어져 있었고 그 새 중간에 어떤 매개체나 힘을 전달하는 유도 장치도 없었다. 그런데도 힘이 전달된 것이다. 삼천여 평이 넘는 터파기 둘레에 파일이 죄다 꽂혔다.

"와!~ 꼭 바느질하는 것 같아."

"히야! 마술도 저런 마술은 처음이야."

비지땀을 쏟아야 할 인부들은 환호성을 지르며 괴청년 덕분에 나무 그늘에서 편하게 쉬면서 자기들 몫이 해결되었다며 손뼉을 치고 난리였다. 넋을 빼고 현장만 지켜보던 소장과 사무원들은 갑자기 작업이 뚝! 그치는 바람에 반사적으로 흠칫! 괴청년이 일하던 자리로 시선을 돌렸다. 그런데 일하던 그 괴청년은 보이질 않았다.

"뭐야, 일하다가 갑자기 소변이라도 보러 갔나?"

불청객이 사라진 걸 대수롭지 않게 여기고 주변만 이리저리 살피던 현장직원들은 푸념하듯 칭얼거렸다. '혹시 담배 피우러 나갔나?' '어이, 변소나 뒤져 봐.' 사태의 심각성을 알 리 없는 현장 소장은 약 17분 정도 기다렸다. 그래도 그 말썽꾼은 나타나지 않았다. 창고나 주변 시설물도 수색해 볼까요? 그러나 괴청년은 발견되지 않았다.

"설사병이 나서 잠깐 외부화장실로 나갔나?"

"혹시, 박카스 사러 약국에 잠깐… 헤헤."

"웅성웅성."

마침내 사무원들과 노무자들은 물론 현장에 소속된 인부들 전원을 집합시켰다. 그 괴청년을 찾기 위해 비상이 걸린 것이다. 이제부터는 현장에서 좀 떨어진 창고나 이웃집까지 차근차근 훑어나가야 했다. 그래도 괴청년의 흔적은 발견되지 않았다. 긴장된 순간이었다.

"예기치 못한 사고라도 당했나?"

시부렁시부렁 현장 소장은 얼굴을 잔뜩 찌푸린 체 혼자서 두런거렸다. 일단 그 불청객 덕분에 3개월이라는 공정은 단축시켰지만 이 일을 어쩌나? 현장 소장과 인부들도 괴청년을 찾는데 총동원 될 수밖에 없었다.

다음날, K국가 조간신문은 일제히 일면 톱기사로 괴청년을 대서특필 했다. '초능력자가 지구상에 나타났다.' S시와 Y시에 주재하는 중앙지 기자단들은 물론 각 지역 방송사, 심지어는 외신 기자들까지 현장으로 달려와 어제 있었던 그 초능력자를 취재하느라 야단법석을 떨었다.

"어디 초능력자나 좀 봅시다."

"초능력으로 작업한 실적은 어딥니까?"

그러나 정작 있어야 할 주인공은 어디론가 내뺀 후였다. 아니나 다를까, '닭 쫓던 개 지붕 쳐다보는' 격이잖아? 실속은 없고 의혹만 잔뜩 부풀려졌다. 취재진들은 일단 파일 한 현장만 연신 촬영해 가야 했다.

"젠장, 쇠말뚝만 찍어 가면 뭘 해, 신분을 확보해야지."

옛적 같으면 초능력을 구사한다면 괴물이 나타났다고 하며 신비주의적 몽상가나 아니면 추상적인 농지거리로밖에 취급하지 않았을 텐데 어제 이 현장에서 일어난 사건은 현실이고 많은 현장 사람들이 두 눈으로 똑똑히 확인한 목격담이었다.

"누가 이 사실을 뜬소문이라고 하겠는가?"

그런데 막상 있어야 할 주인공이 어디론가 내뺀 후라서 취재진이나 현장 측에서나 서로 얼굴만 멀뚱멀뚱 바라보며 난감한 심기를 감추지 못했다. 그 사실이 외신을 타고 전 지구촌으로 타전되었고 현장 측이나 전 지구촌 사람들이 느낀 전율은 그 괴청년의 초능력만큼이나 연기처럼 사라진 후에도 충격적이었다.

"햐 참 내 입장이 뭐가 되겠어?"

최 소장은 두 손을 바지호주머니에 넣고 땅만 응시했다. 며칠간 일을 접어 두고라도 꼭 찾아야 해. 인부들과 현장직원들을 모두 집합시켜… 이거, 남세스러워 살겠나? 소장 최두식은 당장 조를 편성해 가까운 인근에서부터 이웃 마을은 물론 여관, 펜션까지 숙박 시설이라고 생긴 곳은 모두 뒤졌다. 그래도 꼬리가 잡히질 않자, S시내까지 확대해서 샅샅이 뒤지라고 지시했다. 그래도 알 길이 막연해지자 이번에는 범위를 넓혀 인근 Y시, G시, 우주항공센터까지 경찰력의 협조를 얻어 이 잡듯 뒤졌으나 그 괴물은 오리무중이었다.

서산에 해는 걸치고 노을이 붉게 물들어 갈 즈음, 현장에서 약 1킬로쯤 떨어진 외촌마을이라는 곳에서 주민으로 짐작되는 사람이 한 가닥 희망을 전해 왔다. 그저께 자기 집에서 민박하다가 떠난 청년이 꼭 그 뉴스에 나오는 그 청년과 비슷하다는 것이다. 인상착의를 묻자. 아주 귀공자 스타일에 멋쟁이였다고 말꼬리를 흐렸다.

"나이는 몇 살쯤 되어 보입디까?"

"한 20대 후반에서 30대 초반으로 짐작되었어요."

일단 거기까지는 그 괴청년의 인상착의와 비슷했다.

"막노동꾼처럼 옷차림이 털털하던가요?"

"아뇨. 말쑥한 신사 차림이었어요. 키는 약 1미터 칠십 정도 되어 보였고요."

"그럼 그 숙박인이 아직도 거기에 계신가요?"

"아니죠. 그제 아침 일찍 외출하면서 다시 돌아올 거라는 기약은 없었어요."

"숙식비는 다 계산되고요?"

"물론이죠. 선불로 받았으니까요."

"어디로 갔는지 짚이는 곳도 없나요?"

"저야 모르죠, 잠깐 돌아볼 곳이 있다면서 나갔으니까."

"그곳 위치를 대충 좀 설명해 주세요."

"여기요? 우리 집 있는 곳 말이죠?"

"네."

"거기에서 약 1킬로쯤 서쪽으로 내려오면 해변이 나와요. 그 해변 마을 초입에서 바다를 등지고 마을 쪽을 바라보면 기와집펜션들이 대여섯 가구 밀집해 있어요, 거기에서 맨 왼편으로 아무런 간판도 없이 가정집처럼 보이는 한옥이 바로 우리 집입니다."

"그럼 좀 있다가 찾아뵙겠습니다."

"네~, 네."

등잔 밑이 어둡다고 바로 코앞에서 민박했던 괴청년을 놓치고 전 지구촌이 시끌벅적했던 것 같다. 현장소장은 서둘러

그 민박집으로 차를 몰았고 각지에서 몰려든 취재진들 역시
이 기회를 놓칠세라 부랴부랴 꼬리를 물고 따라붙었다. 무허
가 민박집은 졸지에 방문객들로 북새통을 이뤘다. 그러나 뚜
렷한 단서 하나 찾지 못한 채 그 괴청년이 머물렀다는 빈방만
취재하는 꼴이 되고 말았다.

어느덧 어스름이 깊어지고 하늘에는 구름 한 점 없이 맑았
다. 모두가 닭 쫓다 지붕으로 날려 버린 강아지처럼 멀뚱거리
고 있는데 좌중에서 기자 한 분이 창공을 올려다보며 '혹시,
저 유성이 그 괴청년의 정체가 아닐까요?' 하며 손가락으로
하늘에 떠 있는 섬광을 가리켰다.

"그러나 일종의 추측성 기우였을 뿐 그 예측을 곧이듣는
사람은 별반 없었다."

한바탕 소동을 겪은 지 사흘째 되던 날 현장소장의 대학
동창이며 미국 유학 동기인 다정한 친구 고경민 박사가 현장
을 방문했다. 그는 작년까지만 해도 미국 항공우주국(NASA)
에서 아주 잘 나가던 인물이었다. K국에 우주발사대가 건설
되고 그 중책을 맡기 위해 K국 항공우주센터의 책임자로 부

임해 온 것이다.

"야! 무슨 소란이 그렇게 걸쭉하냐. 뭐 초능력자가 나타났다며?"

"아이고 말도 말아라, 매스컴에서 떠들어댔으니 네가 모를 리 없지?"

"진짜야, 뭐야? 자세한 내막이나 좀 들어보자."

"그럼, 가짜 가지고 전 지구촌이 떠들썩했겠냐?"

두 사람은 자연스럽게 현장사무실 뒤편에 있는 정자나무 아래 평상으로 자리를 옮겼다. 아직도 사무실 주변에는 기자들이 어슬렁거리고 왔다 갔다 하니까 털어놓고 밀담을 나누기에는 좀, 난처한 장소였다. 초봄의 느즈러진 기온이라지만 낮에는 초여름 날씨를 방불케 했다.

"야, 나도 처음에는 믿어지지가 않았어."

하지만 정작 염력으로 철재-빔을 다루는 걸 보고 깜짝 놀랐다니까. 그 무거운 철재-빔이 허공으로 날아다니는 것도 놀랍지만 작업 속도가 어찌나 빠른지, 처음엔 실감이 나질 않더라고. 꼭 애들 장난치는 것 같았어.

"그것 봐, 초능력 하면 빛보다 빠르다고 했거든."

"그럼 앞으로 초공간이니 초능력으로 사는 초인들의 사회는 빛보다 빠른 세계라는 거야 뭐야."

"그야 의심하면 간첩이지."

"야~ 정말 세상이 어떻게 변해 가는 거야?"

"개벽하는 거지, 뭐. 개벽!"

"그런데 그 괴물의 인상착의는 어때? 우리 인간들과 흡사하더라 그 말이지?"

"분별하기 어렵더라고. 무슨 둔갑술을 부려서 그럴까?"

"외부의 겉치레로 볼 때는 우리 인간들과 똑같이 생겼더라고?"

"그래, 맞아."

그래서 나도 처음에는 웬 불량배가 공사판에 뛰어 들어 깽판을 치나 하고 신청도 안했다니까. 그런데 나중에 에이치－빔 옮기는 걸 보고 그런 괴짜가 없었어.

"하, 지구촌에 사는 사람은 아닐 것 아냐?"

"그야, 모르지, 뭐."

"외계인일까?"

"글쎄, 그걸 나에게 물어보면 어떻게 해?"

나도 감이 잡히질 않아 지금까지 헤매고 있잖아. 지구에
사는 사람치고 저 정도로 초능력을 발휘할 줄 알면 아마 지구
촌 돈은 싹 다 긁었을 거야.

"그럼 현장에 내려가 작업해 둔 솜씨나 좀 보자."

두 사람은 커피잔을 물리치고 현장으로 내려가 그 괴청년
이 작업했다는 파일을 꼼꼼히 살펴봤다. 아닌 게 아니라 공학
박사인 고경민 우주센터장이 봐도 최첨단 건설장비로 작업한
수준보다 훨씬 탁월한 솜씨로 파악되었다. 어느 모로 봐도 우
선 견고하고 빈틈이 없었다.

"덕분에 작업은 몇 달 앞당겨졌겠네."

"고마운 일이지. 뭐, 하지만 우기가 곧 닥칠 것 같아 내일
부터 터파기에 돌입하려고 그래."

두 사람은 현장을 한 바퀴 둘러 본 후, 다시 사무실로 돌아
왔다. 오후가 되면서 해풍이 소슬하게 불어와 찬 기운이 느껴
졌다. 원래 봄 날씨는 변덕이 심하고 촐랑이 여우같다고 했잖

아.

"하하, 그래그래. 그 말이 적절할 거야."

사무실에 들어서기가 무섭게 두 사람은 옷걸이에 걸쳐두었던 상의부터 챙겨 입으며 여직원에게 따뜻한 쌍화차를 주문했다.

"야! 그런데 너는 숙식은 어떻게 해결하는 거냐?"

"우주센터에는 사택 단지가 따로 있어. 거기서 지내는 거지 뭐."

"그래도 예, 좀 적적하겠다, 야."

"우리 생활이 다 그런 거 아니겠냐."

두 사람은 쌍화차를 나누고 퇴근길에 나란히 샘물도시 번화가에 있는 대폿집으로 향했다.

주인마님이 맨발로 뛰어 나와서 최 소장을 맞이했다.

"야~, 너! 나도 모르게 뻔찔나게 드나들었구나?"

"아냐, 그건 오해야."

"아이고 소장님 오래간만입니다."

"엊그제 들렸는데 뭘 또 오랜만이에요?"

"그래도 우리 유흥음식집에서는 그렇게 인사를 한답니다."

"하하하."

"호호호."

주인마님의 자지러진 웃음소리를 뒤로하고 두 사람은 옛 학창시절로 돌아가 원탁 연탄불 화덕에 마주 앉아 막걸리 두 병과 연탄불 돼지구이를 시켜 놓고 잔을 주거니 받거니 회포를 풀었다.

"야야, 이런 분위기에서 술잔 나누는 것이 얼마 만이냐?"

"너와 함께 술좌석 같이 한 게. 아마 유학 시절 빼 놓고는 이게 처음일걸?"

"그런가? 근무처가 서로 멀리 떨어져서 그랬겠지, 하여튼 오래된 것 같아."

두 사람은 주인마님이 안주를 연탄불에 올릴 때까지 깍두기를 우두둑우두둑 씹어 가며 옛 학창 시절을 회고했다.

"야~, 그건 그렇다 치고 우주 개척은 언제쯤 장도에 오를 것 같나?"

"그야, 이번 신축 공사가 마무리되고 팀이 구성돼야 시작되는 거 아니겠냐?"

"그나저나 고 박사가 이번에 조국을 위해 큰 공을 세웠어."

"아냐, 우리 K국이 운이 좋은 거지. 내가 뭐 따로 한 게 있나?"

"그래도 그렇지. 네가 아니었으면 이렇게 큰 사업이 우리나라로 낙찰됐겠어?"

"오해야…"

"너무 겸손 떨지 마. 모든 것이 자네가 힘쓴 덕이지. 뭐?"

"아냐, 너무 오버하지 마."

단지 K국 우주센터가 적도에서 가장 가까운 거리에 있는데다가 그것은 비행체가 지구를 탈출하는 속도와 밀접한 관계가 있었고 지정학적 여건이 충족되었기 때문이야. 내가 미국우주항공국을 움직였을 거라고 생각하면 큰 착각이야.

"짜식, 겸손은? 나한테까지 그럴 필요 없어. 나는 다 안다고."

"아냐, 너 벌써 취했구나?"

"고 박사 자네는 후일 복 받을 거야."

두 사람이 서로 다독거리고 사양辭讓하는 사이, 술안주가 연탄불 위에 올려졌고, 막걸리 병은 다섯 병째 비우고 있었다. 두 사람의 얼굴엔 취기가 얼큰하게 오르고… 이번 사업을 위해 축배를 들었다.

"자, 자~., 우리의 사업을 위하여!"

"브라보!!"

"야야, 그건 그렇다 치고 초능력이 그렇게 충격적이었다며?"

고경민이 게슴츠레한 눈빛으로 최두식을 째려보며 흥얼거렸다.

10차원의 인격체

야, 야~. 정신적 충격도 충격이려니와 인기도 아주 폭발적이었어. 생각해 봐 최첨단 장비로도 3개월 이상 걸릴 빔 공사를 단 40분만에 해치웠으니까 너도 짐작이 갈 거 아냐. 하기는 그 정도 속도는 되어야 몇 광년씩 걸릴 광활한 거대우주를 넘나들며 탐사하고 개척할 거 아냐.

"그건 그렇다 치고, 너 초능력으로 공사장을 발칵 뒤집어 놓은 그 불청객 말이야. 우리 인간과는 차원이 다른 건 아닐까?"

"그야 두말하면 잔소리지."

기분이 좋아진 최두식이 얼큰하게 오른 고경민을 향해 여태 하던 얘기와는 달리 엉뚱한 질문을 던졌다.

"야, 그걸 말이라고 하냐? 차원이 다른 건 분명하지."

저 정도의 초능력을 자유자재로 구사할 줄 알면 아마 10차원쯤 될 거라고… 그런데 차원이란 개념을 너는 어떻게 생각해?
"그야, 뭐. 공간의 범위라고나 할까 아니면 능력의 계단이라고 말해야 옳을까?"

두 사람은 자리에서 엉거주춤 일어나 서로 어깨를 걸머멘 체 오른 손가락으로 삿대질을 해 가며 주춤거렸다. 최두식이 어깨띠를 힘겹게 풀고 계산대를 향해 소리쳤다.
"여기 술값 얼마야?"

그 사이를 놓칠세라 고경민은 길가에 나서서 '스톱! 스톱'을 연발하며 지나가는 택시를 붙잡으려 열나게 나댔다. 술값을 지불하고 나온 최두식이 고경민을 향해 소리쳤다.
"야~, 그냥 들어가면 어떡해? 기다리는 사람도 없잖아, 커피라도 한 잔 더 나누고 들어가야지."
"그래그래, 네 말도 일리가 있어, 취기나 좀 추스르고 가자고."

　내일 할 일을 생각하면 일찍 들어가야 하겠지만 술자리 후
사가 매양 그 모양이니 어쩌겠나.
　"야! 그, 시시껄렁한 소리 집어 치워!"

　커피나 한잔 더 나누고 가자는데 웬 말이 그렇게 많아? 최
두식이 고경민을 떠밀다시피 하여 지하 커피숍으로 내려갔
다. 자리를 찾아 앉자마자 최두식이 고경민을 향해 투덜투덜
불평을 쏟아냈다.
　"젠장, 우리 인간들은 지금 4차원 이상을 인식하지 못하고
사는데 10차원이라니?"

　정말 엄청난 격차야. 생각해 봐 너 5차원이나 6차원 이상
을 인식했다는 사람 봤냐? 그게 우리 인간들의 한계라고. 그
래서 사람들은 그 임계점을 넘어서려고 인공지능(AI) 프로젝
트를 세워 슈퍼맨이 되려고 발버둥을 치는 중이잖아.
　"인간이 초인으로 진화하면 당장 어떤 변화가 올 것 같
나?"

그야 초능력으로 살아가야 할게 아냐? 그에 따라 초인들이 사는 공간도 초공간을 넘나들 거고. 정말 무시무시한 격변이 예고되어 있어. 야! 어지간히 고고한 척해라. 여기는 미국 MIT가 아니라 다방이야 다방.

"초인은 그렇다 치고 내가 의심쩍은 건 고정돼 있는 공간을 어떻게 초공간으로 변형시킬 수 있을까 하는 의구심을 지울 수 없다 그거지?"

바보! 너 MIT박사 맞아? 공간을 엿가락처럼 늘이는 게 아니라 지금의 공간 개념에다가 대기층을 넘어 무중력 공간을 초공간으로 간주하는 것 아냐? 그 무중력 스페이스를 자유자재로 활동할 수 있다니 엄청난 격랑을 예고하고 있는 거야.

"생각해 봐, 생활 자체가 완전히 뒤집힐 거고 주변 환경과 사회적 생태계까지 급물살을 타고 요동칠 게 아냐?"

상상만 해도 아찔하다 아찔해. 우선 빛보다 더 빠른 일상사가 펼쳐질 거고 기존의 태양빛문화가 햇빛보다 더 빠른 초스피드문화로 진화하면서 모든 것이 기초부터 확 뒤엎어질 거라고. 당장 그러한 격변에 어떻게 대처해야 할 것인지 그게 관건이라 그 말씀이지?

"에게게, 취한 줄 알았더니 하나도 안 취했네."

너무 넘겨짚지 마, 과학자들이 다 대비하고 있을 거야. 너는 항시 그게 탈이야. 2백 년 후에나 일어날 조짐을 가지고 지금 당장 세상이 엎어지거나 뒤집어질 것처럼 수선을 떠니까 덕담 나누던 친구들이 다 불안해하잖아. 세상이 거꾸로 뒤집힐지라도 좀 의젓해 봐. 개벽이 일어날 경우 너 혼자만 당하냐. 인류가 모두 그러한 변화에 동승同乘하고 있잖아.

"얘 좀 봐 엊그제 처음으로 초능력을 보더니 머리가 어떻게 된 거 아냐?"

야!~, 너 말 조심해, 아무리 친구라지만 할 말이 있고 하지 말아야 할 말이 따로 있는 거야. 너처럼 시도 때도 없이 주책을 떠니까 탈이라는 것이지.

두 사람은 밤늦도록 다방에서 술기운을 추스르느라 말꼬리를 붙들고 콩이니 팥이니 말씨름에 열을 올렸다.

"그래그래 네 말이 최고다."

"너, 경고하는데. 앞으로 분위기 봐 가며 농담해, 알았지?"

"짜식, 이제야 형님을 알아보네."

"야, 야~ 내일을 위해 그만 일어나자."

두 사람은 커피숍을 비틀비틀 걸어 나와 각자 숙소로 향했다.

다음 날 아침. 최두식은 출근하자마자 작업반장을 불러 터파기 공정에 대한 작업 지시를 내리고 있었다. 한참 이곳저곳 신경 써서 집중할 곳을 챙겨 지시하더니, 갑자기 엉뚱한 질문을 던졌다.

"당신, 차원이라는 말 아나?"

"작업을 지시하다가 웬 또 차원을 들먹이세요?"

"아, 묻는 말에 대답이나 해 봐. 차원이라는 개념을 똑바로 알기나 하냐고?"

"그야 대충 알죠?"

"어디 대답 해 봐?"

"그거야, 수준이나 정도의 격을 말하는 것 아닙니까?"

"하, 이렇다니까."

내가 우리 딸따니에게 물어봤는데 길이만 있는 것을 1차원 (선)이라 하고 거기다가 넓이가 추가되면 2차원(평면), 거기에 또 높이가 추가되면 3차원(입체) 또 4차원은 거기다가 시간을 추가하면 된다고 하더라고.

"그것은 기하학적 개념이고요."

"어떤 이는 이 우주가 세 개의 공간차원으로 이루어져 있다고 하더이다."

다시 말해서 앞-뒤, 좌-우, 상-하로 이루어졌다 그 말이지? 거기에다가 시간을 보태면 시공간이라 하여 4차원이라 하고요.

"반장 자네는 꼭, 어린애 같은 대답만 하서?"

요즘은 더 난해해졌데. 4차원이상 고차원을 연구하는 학자들이 부쩍 늘어났다는 거야. 그들은 이 우주가 10차원에서 통일된다면서 풀리지 않는 미스터리도 거기서 다 해결할 수 있다는 거야.

"햐!~ 만능열쇠가 뭐, 어쩌고저쩌고 그런 학자들을 말한 거죠. 그렇다면 그 괴청년처럼 초능력으로 모든 게 다 해결되겠네?"

"그렇게 말해 놓고 보니까, 만능공식이 혹시, 초능력과 대등한 차원으로 느껴져요."

그래, 맞아. 자네는 지금 초끈이론가들이 애타게 찾고 있는 10차원에서 이뤄진다는 그 만능열쇠를 초능력으로 보는 거잖아? 그렇다면 도깨비 같은 괴청년이 초능력을 구사하는 인격체니까 10차원의 인격체라 그 말인가?

"왜, 하필이면 10차원에서 질서가 통일을 이룰까요?"

"참, 알다가도 모를 일이야?"

그중에 4차원까지는 우리 인류가 체험하면서 살아가는 공간이니까 별반 문제 될 건 없겠고, 그 이상 5차원에서 11차원까지는 우리 눈으로 확인되지 않잖아. 그 안 보이는 차원들이 어떻게 존립하는지 형상이 없잖아? 그려, 그게 참, 궁금해.

"어느 학자가 그러는데 그 보이지 않는 차원은 어디에 둘둘 말려있다나. 뭐, 그런데요."

하, 웃긴다, 웃겨? 차원이 말려들어가 있다니…

"5차원 이상 고차원이 무슨 부침갠가? 둘둘 말려있게? 차라리 빈대떡이라고 하지 그랬어?"

"하하. 참, 별꼴이야."

에그그, 초능력=10차원이라고 하더니 그 등식이 명답이다 명답! 그럼 초능력이면 확인하기 어려운 차원도 눈으로 확인할 수 있고 또 11차원 아래를 몰아서 척척 읽어낼 수 있겠네?

"그런가 봐, 만능공식으로. 초월적 세계의 모든 문제를 척척 해결할 수 있다니, 그럴지도 몰라? 그렇잖아."

그건 그렇다 치고 초능력으로 일반 사람들도 보이게끔 5차원 이상 11차원까지를 척척 알아듣게 설명할 방법은 없나? 어느 과학자가 그런 예시를 했는데 '우리가 호숫가를 산책하다 보면 호수 내에 사는 물고기들이 수면 위의 세상을 의식하면서 살까? 아니잖아, 그 물고기들은 수면 위가 안 보이는 차원이잖아. 수면을 경계로 수면 아래와 수면 위의 차원이 그렇게 구분되어 있잖겠어? 거봐, 보이는 차원과 안 보이는 차원이 수면을 경계로 그런 식으로 존재한다면 4차원까지 인식하고 사는 인간들은 5차원 이상 11차 차원을 어떻게 볼 수 있겠어?

　"햐, 바로 그게 관건인데. 대기권과 대기권 밖 또는 그 이상의 여백은 빛의 결로 켜켜이 차원이 형성되어 있지 않을까? 물론, 그런 추정도 충분히 가능하다고 봐. 어디 꼽재기에 둘둘 말려있다는 것보다는 훨씬 신빙성이 있어 뵈. 대기권 너머 허공에 빛의 층계(여러 켜로)로 또는 대기권 밖의 무중력 하늘에 빛의 계층으로 층층이 포개져 있거나? 그렇게 차원이 겹겹이 중첩되어 있다고 가정하고 내말을 잘 들어 봐."

　"그래, 계속 얘기해 보슈."

　〈초공간〉이란 말은 우리 지구의 대기층 밖의 빛의 블록화 물결을 말하는 것 같아. 그래서 며칠 전 공사장에서 일어난 그 괴청년의 행위가 그렇게 의기양양했던 것 같아. 만약 그 불청객이 10차원의 인격체라면 저 아래 차원인 우리 인간들의 생활상이 어설프게 보일 것 아냐? 빠끔 살이 같고 탐탁찮게 보일 것은 뻔하지.

　"아직 확인된 것은 아니지만 짐작건대, 그럴 만도 해."

　"그렇다면 대기권 밖의 우주공간이 빛의 결로 차원이 되어 중첩되어 있다 하자! 그 빛의 물결이 왜 안보일까?"

"그야, 색으로 구분되어 있겠지만 인간의 눈으로는 결이 확인하기 어렵겠죠?"

5차원 이상 고차원을 연구하는 과학자들이 10차원에서 질서가 통일된다는 근거를 과학적으로 빨리 제공했으면 좋겠어. 일목요연하게 한마디로 표현하는 공식도 나온다니까 거기에 기대가 돼. 그래야 초능력으로 척척 해결하는 세상을 알고 다닐 것 아냐? 요는 그 보이지 않는 고차원 공간에 장애물, 그러니까 우주토네이도(회오리바람)나 우주폭풍 또는 블랙홀 등을 어떻게 헤쳐 나갈 것인지도 관건일 것 같아?

"초끈−이론가들이 총력을 다 하고 있다니까 곧 해결책이 나오겠죠."

그렇다면 10차원에서 통일된다는 만능공식을 찾아냈다고 치자, 그 괴청년처럼 우리 인간들도 초능력으로 광활한 우주의 빛의 바다를 거침없이 날아다닐 수 있겠네? 아 생각해 보세요. 그렇게 되면 우리 인간도 그 외계인인가 불청객인가 하는 그 괴물의 수준은 될 것 아녀요? 그러려면 이 기회에 거기에 대한 진도는 어느 정도 진행 되었나 알아보자고요.

"너무 서두르지 마. 시급한 것은 5차원에서 6차원으로 또 6차원에서 7차원으로… 그런 차원의 결이 빛으로 중첩되었다면 그 빛 층계의 계층질서를 어떻게 헤쳐 나가느냐가 관건이라고? 그 비밀을 읽어 내야 해.

"우리가 상상한 것만큼 정말로 초공간에서 빛이 결로 켜켜이 중첩되어 있을까요?"

"수면을 경계로 물고기 사는 차원과 그 위 차원이 나눠져 있듯이 고차원도 그런 경계로 이루어져 있을 거다 그 말이죠?"

"그럼, 4차원과 대기권 밖의 초공간은 푸른 하늘로 구별되듯 막이 그렇게 존재할 거다. 그거야?"

아하, 그러니까 5차원 이상 6차원~11차원도 그런 층층 하늘 막으로 구분되어 있을 거다. 그렇다면 그 결이 뭘까요? 저는 그 결이 빛의 강약이나 밝기의 높낮이로 파도처럼 되어 있을 거로 보여요. 그러니까 그 결이 무엇으로 인식하게끔 되어 있느냐 그거죠? 저의 좁은 소견으로 그런 생각이 들었어요.

"어떤 학자는 그 문제가 알고리즘(algorism)일 것이다 하는 주장도 내놓고 있지만 저는 색채로 구분되어 있다고 봐요."

어쨌든 4차원 이상 고차원은 틈에 둘둘 말려 있을 것이라는 초끈이론가들의 주장과 우주공간에 빛의 결로 겹겹이 차원다짐이 되어 있을 거라는 두 주장을 놓고 보이지 않는 4차원 이상의 영역을 규명할 형상이 필요하거든. 생각해봐 우리가 엊그제 공사장에서 겪었던 그 괴청년의 초능력을 어느 정도 알아채려면 4차원 내에서 맴도는 생각으로는 어림도 없죠?

그래서 염력이나 독심술 또는 텔레파시니, 천리안이니, 현미안이니, 축지법이니, 변신술이니 하는 고차원적 언어를 표현할 형상부터 제대로 찾아내야 한다 그 말인 거죠.

"당근이죠. 그뿐인 줄 아세요?"

그보다 훨씬 더 어려운 언어들도 가면 갈수록 막 튀어나올 텐데, 그런 부분까지도 척척 읽어내는 능력을 지녀야 해요. 이해가 좀 되나? 어쨌든 지금의 상식으로는 초공간에 펼쳐져 있는 고차원적 세상을 설명하기가 힘들어요.

"무슨 말을 전하려는지 알아듣겠어요?"

그렇게 놓고 보니까 그 괴청년은 지구인이 아니라는 느낌이 확 와 닿네요.

"두말하면 잔소리지, 지구인이 초능력을 그럴 정도로 구사하는 자가 어데 있어?"

어쨌든 염력이나 독심술, 텔레파시 같은 초능력을 갖춘 초인이 일반 공간과 초공간을 마음대로 누비고 뛰노는 실상을 설명해 내야 해.

"하, 기절하겠어요. 저 광활한 우주공간을 몇 차원쯤 돼야 활보할 수 있느냐 그것 아닙니까?"

그러니까 초능력과 차원의 관계를 확실히 밝혀내고 그 다음은 빛의 결(차원 결)을 척척 파도타기처럼 하고 다녀야 한다 그 말인가?

"그렇죠. 요즘은 인류의 기초학문부터 모든 생활수준까지 한 계단 업그레이드해야 한다는 목소리가 커지고 있데요."

하, 초인들의 생활상이 초공간과 초능력으로 번개처럼 번쩍거리고 다니는데 우리는 설명할 용어조차 깜깜이니 어떻게 할 거야?

"푼수! 아니면 낙오자로 찍히겠죠!"

크크. 정말이지 우리 인류공동체에서 영원히 도태될지도 모르죠. 눈치 한번 빨라서 좋다. 4차원에서 사는 현세의 인간들과 10차원에서 사는 저 괴청년과 대등한 인격체들이라고 보면 그들이 서로 소 닭 보듯 하고 살 수는 없잖아?

"하기는 앞으로 대우주를 누비며 신비를 캐내고 경작해야 된다면 그런 부분까지 세심하게 해소돼야 하겠죠."

너무 설치지 마셔. 아마, 그런 일들이 사회에 보편화 되려면 아직도 수백 년은 더 넘게 남았어요. 거기에 대비하자는 것은 시기상조가 아닐까? 꼭 이렇다니까요, 나태한 사람들의 게으름이… 그러다가 빠른 초고속시대가 덮치면 그땐 어떡할 거야?

"그래, 맞아요. 유비무환이라고 했어요."

그래서 그 괴청년이 우리의 건설현장을 보고 그렇게 야죽거렸구나. 아주 혀까지 끌끌 차더라니까.

"하기는 10차원 인격체가 저 아래 소꿉장난 같은 우리의 삶을 내려다보니 얼마나 심란했겠어요."

그런데 말씀이야, 초끈―이론가들에게서 만능열쇠가 10차원에서 나온다는 말은 어디서 주워들었나?

"성립 과정도 모르면서 그렇게 말을 함부로 하면 쓰나요?"

에계계, 그놈의 성질머리하고는 내가 설명할 테니 들어봐, 4차원까지는 우리 인간들도 인식이 되죠? 그 나머지 인식이 안 되는 5차원 이상은 어디에 감겨있거나 둘둘 말려있다나 그런가 봐요?

"과학자들의 말이니까 절대적인 부정은 못하겠지만 상식적으로는 동조하기 힘들어요. 차라리 빛의 테두리로 우주를 층층이 감싸고 있는 것이 차원이라고 정의하는 편이 실감나요."

에끼 이 사람아! 그런 대답은 나도 할 수 있어. 아니, 차원이 어떻게 가두리로 층층이 둘러 있나. 아니죠. 빛의 색채로 무지개처럼 둘러쳐 있을 수 있잖아요?

지구촌으로
　소풍 나온 외계인

"그러면 무지개의 빛 가닥이 차원이다 그 말인가?"

"그렇죠."

10차원을 대충 이해하려면 제일 먼저 '뫼비우스 띠'(Mobius
−strip: 수학의 기하학과 물리학의 역학이 관련된 곡면으로
경계가 하나밖에 없는 2차원 도형, 즉 안과 밖의 구별이 없
음)부터 이해해야 한데요. 그 다음으로는 라마누잔의 모듈
함수(매직넘버=24)인 숫자 24를 이해해야 하고요. 그 다음은
이런 것들을 일반화시키는 아인슈타인 방정식도 이해해야 하
고, 거기에서 매직넘버 24가 왜 8로 대체되는 지 초끈이론도
이해해야 하고, 그런 절차적 체계를 하나씩 풀어나가면 결국
은 초끈이론에서 8+2=10이 되는 과정을 이해하게 된데요.

"햐~ 소설 쓰고 있네… 까짓것 나선 김에 더 찬찬하게 짚
어 보고 넘어갈까요, 미래를 더듬어 가는 과정이니까 그것도
좋지."

"얼씨구, 고차원적 얘기를 귀담아듣더니 말솜씨가 제법인
데?"

젠장, 미래는 기존의 상식체계와는 전혀 다른 세상이에요.

미리미리 대비하고 새겨두면 살이 되고 피가 되겠지, 안 그런 가요? 하지만 이 정도에서 마무리하자고.

"만약, 10차원에서 만능공식이 나왔다고 치자, 그 다음은 어떡할 건데?"

보이지 않던 공간이 돈짝만 하게 보이겠죠. 인간들의 세상 사도 저 아래에서 내려다보일 테고…

"돈짝만 하게 작아 보이고 어설퍼 보이면 어쩔 건데? 타박 만 늘어놓지 말고 해결책을 말하라고."

이제는 제법 귀가 뚫렸어요. 숙맥들도 이제 초공간에서 일 어날 광(빛)물결을 짐작해서 다행이야…

"와!~ 그 칭찬한번 쌈박하네. 귀가 번쩍 뚫린다."

생각해 봐, 옛날 같으면 초인, 초능력, 초공간이 번개 같이 빠른 초스피드로 다닌다고 하면 까무러치고 그랬잖아. 몽상 가나 허풍쟁인 줄 알고 도망도 가고 신청이나 했냐고. 세월이 흘러, 이제는 고차원적인 세상이 코앞에 다가오게 되니까 제 법 수긍이 가, 우리가 한층 고상해졌나 봐.

그 정도는 약과야. 소장님의 말씀을 듣고 나니 귀가 번쩍 뚫리고 세상이 흘러가는 방향타가 훤히 내려다보여요. 인류가 도착하려는 결승점도 뾰조록하게 드러나고.

"흐흐, 나 보고 도사라고 그러면 어떠하죠?"

그렇다고 길가에 돗자리는 펴지 말게? 만약 물고기들이 수면 위를 볼 수 있다면 낚시에 걸릴 이유도 없잖아? 하지만 자기 주제도 모르고 막 수면 위로 뛰어 오르다가는 바로 사자밥이죠.

"그와 같이 조그마한 상식을 믿고 너무 쫄랑대지 말게."

사는 차원이 달라서 그럴 수도 있잖아요? 인간들도 마찬가지죠. 4차원에서 뭐를 좀 알았다고 우주복도 안 입고 대기권 밖 초공간으로 막 뛰어 나가 봐, 죽지 않고 배기나? 같은 원리야 차원에 대한 대비를 철저히 해야 한다 그거야.

"그래서 과학자들이 초공간을 이동할 캡슐을 연구하고 있잖아요."

"뭐? 캡슐!"

작업반장도 이제는 제법 늘었어. 호호, 그 불청객을 곧 따라잡을 수 있겠어.

"에그머니, 제가 그렇게 고상해 보여요? 소장님도 참, 학창 시절에 배웠던 상식을 좀 뽐냈을 뿐인데요."

소장님께서는 작업지시를 하다가 엉뚱한 차원을 물어보더니 이제는 또 차원에 관한 얘기를 하다가 왜 또 갑자기 캡슐에 대한 얘기로 바꾸세요?

"햐, 내가 노망기가 있나? 천만의 말씀, 캡슐은 차원과 아주 밀접한 관계가 있지."

우주나루터 건설 팀에서도 앞으로 그 분야에 연구를 집중할 참이야.

"그렇다면 사전에 천기가 누설되었나요?"

아냐, 그렇게까지 확대할 건 없고 하여튼 우리 우주나루터에 비행접시가 왔다 갔다 할 텐데… 미래에는 우주복 없이 캡슐 하나로 우주여행을 즐길 수 있는 방법을 연구 중이야.

"앞으로 캡슐에 몸을 실고 우주 여행하는 문제에 대해 신경을 곤두세워야겠군요."

그런 문제는 본 청사가 완공되고 세계적인 석학들이 한 팀으로 컨소시엄을 꾸려서 차원을 감지할 캡슐이 빛의 파도 타기와 초공간 등 다각도의 초스피드 시대에 대비할 문제들 이야. 그때 발표할 문제니까 반장도 그 문제에 대해 더 이상 노-코멘트야.

명심하겠습니다. 지금은 각 선진국 전문가들에게 의견을 청취하는 중이라면서요. 그러니까 우리 사업의 본질이 그때 튀어 나올 거다. 그 말씀이죠?
"이제야 자네 귀가 좀, 트이는군."

어쨌든 지금은 우주 전문가들이 다채롭게 연구하는 중이 니까 캡슐에 관한 얘기는 더 이상 떠들지 말자고. 그런데 말 이죠. 저는 과학자는 아니지만, 빛의 파장은 초공간에 따라 생태계가 다를 거라고 보고 있어요.
"아하, 셰퍼드-체크(shepherd-check)처럼 두 가지 빛깔의 격자무늬로 초공간은 물결치듯 빛의 결이 있을 것이다, 그런 뜻인가?"

가령 태양계를 보면 태양빛에 의해 행성들이 움직이고 있잖아요? 마찬가지로 거대은하계로 한 계단 올라서면 은하계를 지배하는 더 높은 빛이 따로 있지 않을까 하는 의심을 낳게 되죠.

"자네 말은 행성 군단을 이끄는 태양빛처럼 은하계를 이끄는 은하─빛이 따로 있다고 보는 거야?"

그럼요. 더 높은 빛이 만약 '퀘이사─빛'이라면 그 퀘이사 빛의 파동이 태양빛의 파동보다 훨씬 강렬하고 속도 또한 빠를 것 아녀요? 그래서 우리에게 생각을 유추하게 하는 것은 바로 태양빛처럼 은하 군단을 이끄는 은하계 빛에너지가 따로 있어 그 은하계를 지배하고 있을 거라고 보는 거죠. 그러니까 우주의 질량에 따라 우주의 빛에너지도 물결처럼 계층화되어 있지 않을까 그런 생각이죠.

"하, 추리 탐험가 한 분 또 탄생하셨네."

비비 꼬지 마세요. 제 추리가 무안하잖아요? 농담은 이따여가 시간에 하자고요…. 그래그래, 차원이 높아지면 높아질수록 빛의 계층화에 의한 광도나 속도도 다를 거라는 생각은 나도 동감이 가거든.

"그렇게 되면 초공간이란 게 결국 빛 파동에 의해 물결치듯 차원이 출렁거리며 중첩되어 있지 않겠어요?"

과학적인 근거는 있나? 아직 거기까지는 못 미친 것 같아요. 하지만, 거대우주를 다스리는 빛의 계층이 바로 초공간과 차원과 무관하지 않다는 생각은 들어요.

"반장님! 현장에서 터파기 조장이 급하게 찾는데요."

"자~ 자, 일하러 갑시다."

반장은 부리나케 현장으로 내려가고 소장 최두식은 지하터파기가 한창일 때, 틈을 내어 K국 우주센터로 출발했다. 고박사와 사전에 연락을 취했기 때문에 고 센터장이 사무실 밖까지 마중 나와 있었다.

"야~ 아직도 취한다, 취해…"

최두식이 고 박사의 사무실로 들어서기가 무섭게 상대의
의표를 찔렀다.

"짜식, 또 무슨 사정이 있기에 선수를 치고 나오나?"

고경민은 최두식을 빤히 건너다보며 넌지시 코멘트를 던
졌다. 며칠 전 S시 대폿집에서 마시던 술이 아직껏 깨어나지
않아 튀어나오는 걸 보면 수상쩍다는 반응이다.

"야, 야~ 말도 마, 그날 너에게 폐를 끼친 것이 가슴에 못이
박혀서 그런다. 왜?"

"흐흐, 짜식. 갑자기 어른이 다 된 느낌이야."

"야~, 너도 술 취하니까 주정뱅이가 따로 없더라."

최두식이 질세라 고경민의 능청에 직사포로 쏘아붙였다.

"너도 마찬가지야, 옛날에는 그런 주사가 없었잖아?"

"내가 할 말을 네가 하니 편해서 좋다."

"하하하."

"호호호."

사무실 내를 조금 걸어 들어서자 센터장의 집무실이 나오

지구촌으로
　소풍 나온 외계인

고 그 내실에서 내려다보이는 전경이 최두식의 마음을 흔들었다.

"야~ 천국이다, 천국!"

흙먼지 뒤집어 쓴 토건 소장으로서는 더할 나위 없이 고경민의 집무실이 부러웠다.

"야, 나의 근무처가 너의 눈에는 낙원이지. 낙원!"

공기도 맑고 산들바람도 경쾌하고 앞에서 넘실거리는 파도 역시 싱그럽고. 야~, 나는 언제 이런 집무실에서 신선처럼 일을 해보냐? 우리 서로 자리를 바꾸자 바꿔.

"그거 좋지? 탄원서라도 낼 참이냐?"

"정말, 가슴이 뻥 뚫린다야…"

"호호호."

그건 그렇다 치고 우주 돔 설계도면 때문에 왔어. 너와 상의할 일이 좀 생겨서 말이야.

"그래 뭔가 냄새가 나더라니?"

우주 돔이 설계도대로라면 지붕이 삐쭉삐쭉 별처럼 솟구
쳤잖아. 그걸 너는 어떻게 생각해?

"촌스럽지 뭐, 적어도 거대우주를 좌지우지할 우주 돔이라
면 그게 뭐야. 안 그래?"

"그러게 말이야. 둥근 타원형과 상반된 느낌이잖아."

"너도 그렇게 생각 되냐?"

"설계는 어디서 했는데."

"햐! 그걸 네가 모르면 누가 알아."

고경민이 시치미를 뚝 떼고 되묻자. 최두식이 뿔이 나서
방방 뛰었다.

"너! 정신 차려 임마!"

"내가 뭐?"

네가 미국 나사(NASA)에서 근무할 때 나온 설계도잖아.
얘 좀 보게, 이제는 생사람 잡네. 그것뿐이면 내가 눈감을 수
있어, 이제는 아예 생뚱맞다는 식으로 오리발을 내미니까 탈
이라는 거야? 두 사람은 어린애들처럼 티격태격 두 눈을 부
라리며 쌍심지를 켰다.

"야, 그거 당장 바꿔라, 바꿔!"

"그래, 너 생각도 그렇지?"

앞으로 타우주인들이 방문할지도 모르는데, 지구촌의 얼굴이 그게 뭐야. 외계인들이 놀라서 뒤로 나자빠지겠다, 생각해봐? 그걸로 끝나면 다행이야. 외계인들이 비행접시라도 몰고 방문했다가 삐쭉삐쭉한 지붕을 보고 기겁이 나서 도망치겠어,

"그래, 나도 인정해. 전근대적인 지붕을 보고 외계인들이 자기들 취향에 맞지 않는다며 내뺄까 봐. 노심초사라고."

"그래서 너 지금 나에게 결재 받으러 왔나?"

"에게게. 직무상 어쩔 수 없잖아."

그럼 네가 할 일이 뭐냐? 적어도 미국에 있는 우주나루터 건설 국제컨소시엄에 전화라도 좀 해줘야겠어. 내가? 그려…, 적어도 거대우주나루터의 품새를 갖추려면 그게 뭐야? 촌스러워서 쪽팔려.

그래그래 너는 역시 나의 히어로야. 커피타임을 끝내고 두 사람은 발사체 구경에 나섰다.

"내년 봄쯤 '빛나리-X호'를 발사할 예정이야."

"야!~ 벌써 일 년 후, 일정이 잡혀 있구나."

"그럼, 우주에 관한 사업은 만분의 일이라도 오차가 생기면 안 되지."

"알고 있어."

그나저나 여기 와 보니 우리나라 우주 센터가 온 태양계의 요람 같아. 당연한 것 아니겠어. 앞으로 지구촌을 대변할 얼굴인데… 네가 지금 공사하고 있는 우주나루터도 마찬가지야, 그런 차원에서 계획된 거라고. 두 사람은 발사체 주변을 둘러보고 어느덧 사택 근처까지 와 있었다.

"야야, 여기는 지구와 완전히 동떨어진 별천지 같다. 앞으로 외계인들에게 분양하여 휴양처로 제공했으면 좋겠어."

너무 조용해도 못살아. 그래도 중앙부처에서 사람들이 자주 출장 나오니까 쓸쓸하지는 않지만. 그런데다가 너도 가까이 있잖아. 그것을 위안으로 삼아, 너희 형님이 이렇게 건재하단다.

"짜식, 아직도 넋두리는 여전하군."

"하하하."

"너도 그 비행접시나루터가 완공되면 거기 수장으로 발령 날걸?"

"그렇게 될까?"

"그럼, 너의 형님이 누구냐? 적극적으로 너를 추천하고 있잖니. 따 놓은 단상이지. 그러니까 지금부터라도 이 형님을 깍듯이 모셔야 한다."

"하하하."

"호호호."

적어도 10차원의 인격체들과 상대하려면 신경 쓸 곳이 한 두 군데가 아니거든. 지구인들은 오늘도 개미가 장마철을 대비해 자기 집을 보수하듯 분주하게 미래를 준비하고 있었다.

쪽팔리는
지구촌 사람들

아침, 출근하기가 무섭게 최두식은 외부에서 걸려온 전화에 진땀을 쏟고 있었다.

"이거, 남우세스러워 어디 살겠나?"

"죄송합니다. 저희들도 어쩔 수 없었어요."

"다른 건 다 참을 수 있어도 남에게 야코죽는 꼴은 못 봐줘."

최두식이 수화기를 붙들고 쩔쩔 매는 꼴로 보아 국회의 과학기술상임위 소속 권 모 의원의 전화로 짐작되었다. 지난번 괴청년이 초능력으로 지구촌을 발칵 뒤집어 놓고 떠났던 일로 면박을 당하는지 최두식의 이마에 식은땀이 줄줄 흘렀다.

그뿐만이 아니었다. 과학계에서도 그 후유증으로 몸살을 앓고 있었다. 특히 외계인들이 우리 지구인들보다 월등하게 앞서 있다는 사실에 모두가 경악을 금치 못한 모양이다.

"누구라도 그럴 거 아냐? 모두가 코가 깨져 고개를 들지 못한 모양이야."

짐작이나 했겠어? 외계 문명이 저토록 펄펄 날고 뛸 줄이야… 그럴 때 우리 지구인들은 뭘 했는지 몰라? 알만한 과학자들은 물살이 세상사 다 돌아봐도 면목이 없다면서 지구촌의 낙후성을 개탄하고 야단이더라고. 현재의 한계를 넘어서 보려고 별의별 수단을 다 강구했지만 역시 벽에 부딪혀 한 발짝도 못 내디딜 때가 한두 번이 아니었다.

"무엇 때문에 발목이 잡혔었나?"

아, 그놈의 '존엄성'인가 무언가 하는 것 때문에 빼지도 박지도 못하고 앞이 딱 막혔잖아요? 맞아, 사람과 기계를 섞으면 그게 인간이냐 아니냐. 또는 사람이 지켜야 할 도리와 규범이 어쩌고저쩌고, 하면서 길을 딱 틀어막고 버티는 사람들이 한둘입니까? 그들 때문에… 아이고, 차마 말을 못 잇겠다.

"참, 낯간지러울 일이야."

젠장, 지구인들은 왜 자기의 분수를 모르는지 모르겠어? 원래의 모습만 틀어쥐고 그 이상은 한 발짝도 내 딛으려 하지 않잖아. 어떻게 해서든지 지금의 한계를 넘어서려고 인간프로젝트까지 세워놓고… 다른 한쪽에서는 인간의 본성에 먹칠이 된다며 말도 못 꺼내게 하니 그 프로젝트 자체가 검불이지 뭐야.

"저 공사판에 나타났다 사라진 그 괴청년의 초능력도 초능력이려니와 10차원을 넘나드는 인격체들이 부지기수로 거대 우주를 활보하고 있다면? 어떡할 거야. 거기에 더 충격을 받아 저 난리인 모양이야."

지구촌의 정보통들은 뭘 했나? 밥만 먹고 낮잠만 주무셨나?

그렇게 까맣게 모르고 있었게.

"아직도 그 4차원의 굴레에서 속곳만 뒤적이며 뒹굴고 있으니 깜깜이지 뭐."

4차원을 넘어 서면 다 말라 비틀어 죽는 줄로만 알고 무슨 뒤웅박 신세도 아니고, 맨날 제자리에서만 쫑알쫑알 다투다가 주저앉기 마련이니 참 한심하죠.

"거기다가 그 지긋지긋한 종파 싸움은 또 어떻고?"

맞아요, 저 외계인이 지구인들을 원시인이라고 비난할 만도 하지, 다 이유가 있었겠죠. 무슨 마호메트 교리다, 힌두교 교리다 또 무슨 기독교권이다 또는 불교권이다. 그저 밥만 먹으면 그놈의 종파적 분쟁에 휘말려 피투성이가 되도록 싸우니 미래가 보일 리가 있어? 낭떠러지로 굴러 떨어지지 않는 게 다행이지. 고리타분한 상습에 파묻혀 한 발짝도 못 내디디고 세월만 낚는 거지 뭐. 참, 죽을 맛이라니까 죽을 맛…

"정말이지, 너저분하고 낯 뜨거울 일이죠."

문명이란 뭐겠어? 불꽃처럼 일어나다가도 시들어질 때가 되면 사그라지고 또 흥망성쇠를 거듭하다가도 성할 때는 화려한 꽃망울을 피울 수도 있잖아. 지금 지구를 넘어서서 거대 우주로 향하려는 몸부림도 같은 맥락이라고, 문제는 그 접근법이 과거와는 차이가 있어서 벽을 뛰어넘는다는 것뿐이지.

"맞아, 누가 아니래."

엊그제 우주나루터 신축 현장에서 두 눈으로 똑똑히 확인했잖아. 초능력이 얼마나 위력적이고 폭발적인가를. 우리 인류도 그런 비상한 문명으로 하루빨리 뛰어 올라서 헤라클레스처럼 일하다가 귀신같이 사라지는 그런 신출귀몰한 슈퍼맨으로 성장할 수 있어야 한다고.

"그러게 말이야, 타 우주인들은 저토록 날고뛰는데 어서 서둘러야 한다고."

그런데 지구인들은 만날 자기들 스스로가 〈신의 피조물〉이라며 자기를 주저 앉혀서 깔아뭉개려는 습성이 있어. 그런 수치가 어디 또 있겠나? 그뿐이면 말을 안 해. 수호신이 어떻다, 이데올로기가 어떻다, 쪼잔하게 굴면서 서로를 못 잡아먹어 난리고 또 어느 한쪽으로는 얼굴에 손톱자국이 나도록 난투극만 일삼으니 앞길이 보일 리가 있어?

"참, 가련하고 딱한 일이죠."

겸손을 몸에 베게 하려고 그랬을지 누가 아나요? 그래도 왜 자기의 기氣를 스스로 꺾으려고 발광이냐 그거야?

"머나먼 거대우주도 개척하며 용기백배해야 지구촌을 넘어서든지 말든지 할 게 아냐?"

아마, 저런 초능력을 지닐 정도로 발전하려면 수백 년이 넘게 걸려도 지구촌 사람들은 외계인을 못 따라잡을 거야?

"참, 망측스럽고 수치스럽다."

초능력인 염력(念力: 마음으로 사물을 제어하는 능력)을 구사하려는 한 사례만 보더라도 지구촌에서는 이제 겨우 걸음마 단계에 서 있다는 거야. 그것도 선진국 몇몇 국가에서만 시동을 거는 단계고 나머지 후진국들은 꿈도 못 꿀 정도라나 봐.

"그나마 방향은 제대로 잡았으니 다행이네요."

그러니 나머지 개발도상국들은 어느 천 년에 제대로 길을 찾아 정상 궤도에 들어서려는지 그 말미가 보이지 않고 있다는 거야.

"하늘만 쳐다보고 손만 비비니 그렇죠. 참, 딱한 일이죠."

민망만 할 정도면 다행이게. 어쨌든 지금의 상태로는 초능력을 생활화할 단계까지 아득하기만 하고 그 실태를 더 더듬어 보자면, 조금 전에 말했던 염력을 지니려는 노력은 이제 겨우 지체장애인들을 상대로 컴퓨터에 장애인의 신체 일부를 연결하여 앞에 놓인 가벼운 도구를 마음으로 들어 올리는 정도래. 그러니, 어느 천 년에 완숙 단계에 접어들려는지 까마득하다는 거야.

"그것뿐이면 다행이게요. 텔레파시는 또 어떻고요?"

정신감응 능력 또한 마찬가지래. 통신망에서 초눈이라는 감시카메라를 개발해서 이제 겨우 초보단계에 접어들었는데 그 수준이 아직은 미숙아 단계에 머물러 있데. 그러니 초능력이란 말만 거창하지 이제 겨우 초보 단계에 불과하다는 거야. '독심술(상대편의 생각을 읽어내는 것)은 또 어떻고, 마찬가지래. 이제 막 잠에서 깨어나 눈을 비비는 수준이라서 마음을 디지털화하는 단계에 머물러 있데.

선진국 일각에서 추진하고 있는 한 사례를 잠깐 짚어 보면, 인간의 두뇌 프로젝트를 세워서 사람의 뉴런 대신 트랜지

스터를 이용해 두뇌의 모든 특성을 모의실험 하는 컴퓨터를 개발하고, 사람처럼 논리적 대화가 가능한 컴퓨터를 만드는 수준이래요. 현재 진도는 토끼나 생쥐의 사고 과정을 몇 분 동안 재현하는 수준이라니 그게 어느 천년에 실용화 단계에 접어들겠냐 그 말이야.

M국은 S국과는 좀 색다른 방법을 택하고 있다나 봐. 그들은 생물학적 뇌 구조를 기능별로 분류해 그 하나하나를 CD로 작업한 단계인데, 제반 뉴런들 사이의 관계를 재현하는 방법을 동원할 거래요.

오후 늦은 시간이라서 현장 사무실 직원들이 몇몇 모여 앉아 각자 외국에서 수집한 정보들을 교환하면서 콩이니 팥이니 노닥거리고 있는데 현장을 한 바퀴 휭~ 둘러보고 들어온 소장이 직원들을 향해 퉁명스럽게 쏴붙였다.

"자, 자. 퇴근합시다. 퇴근!"

오늘따라 유난히 착찹해 보이는 최두식은 자기 승용차도 현장에 버려둔 채 출퇴근 버스를 이용해 숙소로 향했다. 한 20분가량 소요되는 거리인지라 큰길에서 버스를 내려 숙소로 들어가는 골목길을 막 꺾어드는데, 길모퉁이에서 초등학생들로 보이는 꼬맹이들이 서너 명 모여 앉아 소꿉장난인지 짤짤이인지 흥겨운 장난을 치면서 서로서로 자랑들이 났다.

"야야, 사람의 마음을 기계로 만드는 나라가 있데."

얼른 봐도 얼굴에 장난기가 자글자글한 건너편 학생이 미소를 잔뜩 머금은 채 그 말을 받아쳤다.

"에이, 너는 그런 괴팍한 소리를 어디서 주워들었냐?"

소를 몰고 지나가던 동네 아저씨가 애들 이야기를 엿들었는지 비시시 웃더니, 아이들을 내려다보며 한마디 거들었다.

"하~, 이놈들 봐라! 마음을 어떻게 기계로 만들어, 이 녀석아!"

한 아이가 용감하게 나섰다.

"세계적인 추세래요."

"허, 어…"

그러니까 사람의 마음을 기계로 만든다 그 말이지?

"그렇다니까요."

"하하하. 에고, 배꼽이야."

최두식이 골목길을 막 들어서다가 그 말에 귀가 솔깃했다. 아무 생각 없이 즉흥적인 반응이었다.

"살다 살다 이제는 별놈의 소리를 다 듣겠구나."

아까 발언한 학생 옆자리에서 코흘리개 꼬맹이도 그 아이를 쳐다보며 최두식의 말을 거들었다.

"아저씨 그렇죠? 내 친구가 머리에 쥐가 났나 봐요?"

소를 몰고 가던 아저씨가 다시 나섰다. 얘가 요즈음 잘 안 보이더니 별의별 소리를 다 쏟아 내네.

"정말이래요."

꼬마는 두 눈을 부릅뜨고 끝까지 자기주장을 굽히지 않고 맞서면서 억울했는지 눈물이 글썽글썽해졌다.

"에끼 이놈아, 장난도 그럴듯하게 해야지. 기계로 어떻게 마음을 만들어?"

선구자적인 자세로 생각해 보세요. 모험가나 탐험가처럼. 그들이 새로운 대륙을 발견했을 때 다른 사람들은 뭘 했어요? 그냥 비웃기만 하고 허튼 거짓이라고 외면했잖아요.

"하, 요 녀석 봐라, 그래 설사 너 말이 맞는다고 치자. 왜 하필이면 기계로 마음을 만들려 할까?"

"아마 영원히 사는 것과 관련이 있나 봐요. 우리 삼촌이 그랬어요."

영생에만 관련이 있으면 다행이게. 지구촌 밖의 타 우주와 우주 간의 여행을 위해 여러 가지 환경적 요소가 고려되었겠지. 가령 지구보다 몇 천배나 더 뜨겁거나 추운 우주에 접근한다든지 또는 중력이 아주 강한 블랙홀을 통과한다든지 하는 등등 여러 가지 요소가 고려된 고육지책이래요.

"야!~ 얘가 도대체 무슨 말을 하는지 도통 모르겠어."

지구촌 밖의 환경적 요소는 뭐고, 또 영생 때문에 마음을 기계로 만들다니? 너 혹시 뭐를 잘못 먹은 건 아니지? 멀쩡한 사람들을 헷갈리게 하고서는 그게 뭐야?

지구촌으로
 소풍 나온 외계인

"천만의 말씀이에요."

"으흐흐."

아저씨처럼 고리타분한 사고思考로 생각 자체가 뒤떨어져 있으니까 우리 지구촌 문화가 외계우주 문명보다 뒤떨어져 있는 거라고요. 최두식은 숙소에 들어서자마자 샤워를 마치고 머리에 물기를 드라이기로 말리면서 거울 앞에서 '피시식' 웃었다. 그래, 그 꼬마 녀석 말이 맞았어. 내가 왜 그 학생 손을 못 들어줬지?

아닌 게 아니라 현 인류보다 더 똑똑한 능력을 갖춘 인격체로 거듭나려는 이 판국에, 이것은 지식을 기술로 사용할 수밖에 없는 실정이었다. 현재 인류보다 월등히 앞설 것을 전제로 진화를 거듭하고 있는 인류가 과거의 케케묵은 매너리즘에 빠져 있으면 되겠냐고?

"어떤 과학자는 포스트휴먼(posthuman−생체학적인 진화가 아니라 기술을 이용한 진화로 반영구적인 불멸을 이룰 것이라고 여겨진) 시대라고 하더라고요."

맞아, 불멸의 시대를 대비해서 여러 가지 진보적 이슈가 시험대에 오른 것은 사실이잖아. 어쨌든 생명 윤리에 관한 논란이 거센 것도 또한 부인할 수 없는 현실이고. 기계와 사람이 결합하는 복합체가 정상적인 생명체냐 아니냐 하는 학자들 간에 물고 물리는 논란이 고개를 든 것도 사실이잖아.

"듣고 보니 틀린 말은 아닌 것 같네요."

인류가 지구에 한정된 한 시대만 풍미하다가 멸망하려면 영생을 얻을 필요가 뭐가 있겠어. 하지만 적어도 자기의 종을 영원히 지속시키고 거대한 우주를 정복하려는 의지가 있다면 영원한 생명력을 얻어야 돼, 영원히 도전할 만큼 우주가 광활하거든.

어쨌든 영생을 향한 노력은 미래의 우주 개척과 맞물려 필수 항목이라는 사실은 숨길 수 없는 과제라 보고 있다.

"젠장, 꿈이 저렇게 원대할 진데, 왜 한 쪽에서는 얼굴을 들 수 없다고 야단들이죠?"

꿈이 있으면 뭘 해, 현재의 발전 속도가 낯부끄러울 정도로 낙후돼 있는데. 생각해 봐, 엊그제 어느 공사판에서 귀신 같은 청년이 나타나서 초능력을 번개처럼 발휘하고 도깨비처 럼 사라졌잖아. 그러니 그 문명하고 현재 지구촌 문명하고 상 대가 될 것 같아? 어림 반 푼어치도 없죠.

"그렇다고 낙심만 하고 있으면 뭐가 달라지나?"

분발해야죠. 누가 아니래, 주장만 앞세우고 정작 실천하려 면 앞에서 막고 뒤에서 발을 걸어 넘어뜨리려고 하니까 탈이 라는 것이지. 뜨거운 분위기만큼 달아오른 마음을 달래 주기 라도 하듯 창문 밖에서는 시원한 선들바람이 불어 와 이마에 송골송골 맺힌 땀방울을 씻어 주었다.

"야!~ 이 좋은 지구촌에서 왜, 자꾸 지구 밖으로 나가려고 애를 태울까?"

그 정력으로 지구의 수명을 더 오래 늘릴 수는 없나?
"늙고 시들어가는 생명의 수명에는 이길 장사가 없잖아."

최두식은 공사장 앞으로 널따랗게 펼쳐져 있는 여자만의 푸른 물결을 내려다보며 탄식을 쏟아 냈다. 흙먼지에 이골이

난 오후라서 그런지, 노동자들도 축 늘어져 나른해 보였다. 이제 제법 규모가 선명해진 우주나루터의 자태가 선명하게 위용을 자랑하며 드러났다.

야호!~, 남은 공정을 생각하니 기쁘기도 하다가 아득하기도 하고 그럴 때면 어김없이 찾아온 것이 향수鄕愁였다. 아이들은 잘 지내는지, 마나님은 지금쯤 무얼 하고 있을까? 그런 생각 저런 생각 하다가 벽에 걸려 있는 시계를 바라보니 오후 4시 반을 막 지났다. 두 손으로 턱을 괴고 엄습해 오는 피로감에 눈꺼풀이 사르르 감겼다. 책상 위에 전화벨이 따르릉따르릉 시름을 흔들어 일깨웠다. '아! 여보세요.' 건너편 목소리가 고 박사였다.

"너도 그렇게 따분하냐? 크크."

"마찬가지지 뭐."

"원래 홀아비가 과부 속 알아 준다고 지금 시간이 제일 매가리가 풀릴 때야."

"야! 그나저나 우리 제수씨는 가끔 내려 오냐?"

"햐, 내 몰골 보려고 마누라가 여기까지 내려 오냐? 내가 일요일이면 가끔 올라가서 보잖아. 될 수 있으면 못 내려오도록 달래 주잖니."

전화기에 힘을 빼고 잠깐 농지거리를 주고받고 있는데 서무과장이 바둑판을 들고 나타나 최두식의 눈치를 슬금슬금 살폈다.

"소장님, 헤헤. 한두 점 깔아드리죠?"

"에끼, 이 사람아."

"맞수로는 되지 않잖아요? 그냥 고백하세요."

"에게게, 그런 소리 할러거든 딴 데 가서 알아봐."

맞수는 맞수지만 지금 바둑을 붙들면 밤을 꼬박 새울 확률이 구십구 프로다. 그래서 일부러 피한 것이죠.

최두식은 서무과장의 게임 제의를 물리치고 잠시 상념에 잠겼다. 그래 문명이란 흥할 때가 있으면 쇠락할 때도 있는 거야. 외계인들이 초능력으로 거대 우주를 주름잡고 다닐지라도 지구촌에서도 과거의 위대했던 문명들이 얼마든지 많았다고.

"그게 다 저력이지 뭐야. 저력."

정글 속에 감춰진 마야의 고대 도시들이라든지 로마의 성전들 그리고 이집트의 피라미드, 중국의 만리장성, 앙코르와트의 버려진 신전들, 이스터 섬의 거대한 석상들, 문명사회가 불꽃같이 일어났다가 시들어지면서 남긴 유적들이 얼마든지 많다고. 그 문명들은 초인들이 초능력으로 이룬 문명에 버금가는 불가사의한 유적들이야. 어때? 우리 인간들도 포스트-휴먼 시대에 대비해 모닥불을 피워 놓았던 시절이 있었잖아. 곧 저력이 나올 거야, 낙심하지 마.

"꽃이 피면 언젠가 열매가 열리겠죠."

최두식은 자기가 공사하고 있는 우주나루터를 활성화하여 거대한 우주를 샅샅이 탐험하며 개척할 야망에 부풀어 있었다. 무엇보다도 사람들이 그 괴청년의 초능력에 기가 꺾여서 고개를 들지 못하고 다니는 현 상황을 반전시켜 볼 특출한 아이디어에 안간힘을 쏟고 있었다.

"그래, 지구인들의 자존심이 걸려 있는 참극이었는데 과학자들이 가만히 보고만 있겠어?"

맞아, 특단特段의 조처가 나올 거야. 과학자들의 저력을 믿어보자고. 그렇지 않아도 '과학은 인간의 본성을 어떻게 바꿔

낼 것인가' 하고 눈에 쌍심지를 켜고 있는 판인데 곧 외계인과 맞설 지혜가 나올 거야.

"알았어, 낙심 않고 지켜볼게."

지금 우리가 서두르고 있는 우주 항공 프로젝트는 물론, 나노 기술이라든지 또는 타 우주에서 사용할 에너지 문제, 그리고 우주 의학에 관한 문제 등 인공 지능과 컴퓨터에 이르기까지 다양하게 미래의 청사진을 강구해 나가고 있잖아.

"머지않아 인간보다 더 인간적인 로봇도 출시될 예정이래."

햐, 뭔가 반전의 나래가 펴지긴 펴질 모양이군. 그뿐인 줄 알아? 반물질 로켓도 곧 출시할 모양이야. 거기다가 엑스선 시력 또는 줄기세포를 이용한 아주 새로운 생명체까지 생산해 낼 거래.

"와~, 그런 문제들이 척척 출시되면 외계인들의 초능력에 대적할 길도 머지않았네?"

마음으로 물질을 다스리는 염력이라든가 또는 상대편의

마음을 미리 꿰뚫어 보는 독심술讀心術이 의식의 물리학적 관점으로 떠오르고 있데. 오매불망, 이 모두가 마음을 컴퓨터에 연결하여 매개하는 문제들이잖아. 정말이지 기계로 마음을 제작하는 문제가 다가오긴 오는 모양이야.

"야!~, 좀 있으면 꿈을 찍는 사진기라도 나올 태세네."

당근이죠, 텔레파시 헬멧이 바로 그런 문제를 해결하는 단계래. 결국은 마음으로 육체를 극복하는 측면에서 마음을 읽는 동영상도 나올 참이래…헤헤.

"뇌를 들여다보는 창문은 출시 안 되나?

왜요? 마음을 들여다보는 MRI가 상당한 수준까지 도달해 있데. 믿어도 될까? 그럼, 우리가 상상하기조차도 벅찬 멋진 세상이 다가오고 있데.

"햐!~, 인간들이 뿔이 나니까 대단한 저력이 나올 건가 봐."

무섭다, 무서워. 앞으로는 외계인들의 초능력도 별것 아니겠어. 더 진화된 기능들이 초인들의 품에 안기는 순간, 그게 바로 우주를 제패할 힘이라는 거야.

"얼씨구, 제대로 붙었구나. 앞서거나 뒤서거니 이기려는 다툼이 본격적으로 벌어진 모양이네."

그러게 사람 죽이는 전쟁만 아니면 서로 물고 뜯는 것도 하나의 엔진이야. 최두식은 하얗게 시들어 가는 자신의 머리카락을 매만지면서 거울에 나타난 몰골에 탄식을 쏟아 내고 있었다. 그래 인간의 정신세계가 광활한 우주의 베일을 벗기면 벗길수록 더 심오한 과일을 얻게 될 거야.

"과학이 그들의 속옷을 활짝 벗겨 알몸을 꺼낼 때까지 얼마를 더 노력해야 할까?"

사람들은 왜, 느긋하고 여유로운 심기를 감추지 못하고 초조하고 불안한 마음으로 현실을 넘겨야 할까?

"이런저런 고민은 대체 무엇으로부터 튀어나올까?"

마음과 정신세계의 얄궂은 이전투구에 최두식의 머리통은 깨질 것만 같았다.

"빌어먹을 내가 조금만 더 젊었어도 저런 미스터리는 하루

아침 해장거린데."

지나온 세월이 그저 무심하기만 했다. 젠장, 이게 다 뭐야.
거울에 비친 자신의 쭈글쭈글한 주름살을 헤적이면서 최두식
은 긴 한숨을 뿜아냈다. 저 거울 속의 눈 뒤에는 또 다른 뭔가
숨겨져 있겠지? 그는 또 다른 의문이 연달아 솟구치자 어지
러운 심기를 감추지 못하고 떨떠름한 미소로 주저앉았다. 갑
자기 사춘기가 돌아왔나? 왜 그렇게 애절한 심기를 쏟아내고
난리야.

"어김없이 찾아오는 것은 마음의 시샘인 것 같다."

젠장, 어디서 그렇게 무한한 생각들이 앞다투어 쏟아질까?
실없는 생각에 뒤적뒤적 밤잠을 설칠 때가 한두 번이 아녔다.

"빌어먹을 그 외계인에게 당장 통화만 할 수 있어도?"

다음 기회에 또 그 괴청년을 만난다면 이런 문제들을 사심
없이 털어놓고 상의해 봐야겠어. 아무리 생각해도 지구인의
머리로는 도달할 수 없는 한계가 많아. 나의 이러한 고민을
솔직하게 알아 줄 선배초능력자로서 요모조모 코치 좀 해달

라고 졸라야지.

"그러게 지난번에 좀 친절하게 대해 주지. 왜 그렇게 푸접
스럽게 대했나?"

누가 아니래, 처음에는 불량배가 공사장에 무단 침입하여
깽판 치는 줄 알았잖아. 그러나 실력이 확인된 후에는 그런
푸대접은 사라졌다고. 다만 서로 작별인사도 나누지 못한 채
헤어진 것이 마음에 걸려 아쉬울 뿐이지.

"후일 언젠가는 다시 만날 기회가 오겠지."

최두식을 우주나루터 연구 단지에 외계인의 '심리 분석실'
을 창설할 계획도 서둘러야 했다. 그러려면 우선 독심술과 텔
레파시 그리고 염력에 관한 초능력에 박차를 가해야 했다.

"이럴 때 고 박사와 의기투합을 했으면 좋으련만?"

내심, 당장 핸드폰을 꺼내 고 박사를 호출하고 싶었다.

"헤이, 고 박사 나야, 나."

끝내 그는 핸드폰을 꺼내 고경민을 호출하고 말았다.

"야!~, 이 야밤에 웬 전화질이냐?"

"지금 시간에 통화가 가능한가?"

"그럼, 만사를 제치고라도 자네 전화는 받아야지."

"이. 형님에게 혼날까 봐."

"또 까분다, 흥."

연구단지 내에 외계인 '심리 분석실'을 개설할까 서두르는 중이야. 거기에 지도 교수로 마땅한 인물이 없을까 해서, 자네가 추천할만한 인물이 누가 없나?

"그거는 신설된 분야잖아."

"그럼."

"찾아보면 적임자야 있겠지. 하지만 특출해야 될게 아냐?"

그래서 자네에게 자문을 구하는 것 아냐? 지금으로서는 잠자다가 일어나 어느 학자가 세계적인 권위자인지 생각이 않나. 체크를 해봐야 되겠어? 그럼, 며칠 말미를 줄 테니 그사이에 점검해 두었다가 나에게 연락 좀 해 줘.

"너도 유학 시절에 강의를 들어서 잘 알잖아."

"누구?"

왜, 그 하버드에 P박사인가 그 교수님 말이야. 그 외에도 찾아보면 '자기공명 현상'을 일반화한 R인가 하는 그 교수도 있어. 그들을 초빙해서 코치를 받으면 어떨까? 하여튼 지구촌에서 내로라하는 석학들이 한 팀으로 모여 활동해야 하니까 구성원들이 따를 수 있는 훌륭한 리더십의 소유자라야 돼?

"알고 있어? 그럼 며칠 후 다시 통화하자."

"오케이!"

외계인이
지구인에게 던진
조언

　고경민과 통화를 마친 최두식은 우주나루터 공정을 가만히 곱새겨 봤다. 착공하고 어언간 7년이란 세월이 흘렀다. 그동안 골조 공사는 거의 마무리 단계고, 어제부터는 내부 시설과 외벽 타일(tile) 작업에 박차를 가했다.

　따르릉따르릉 늦은 오후, 소장의 책상 위에 전화벨이 요란스럽게 울어 댔다.

　"여보세요. 거기 우주나루터 신축 현장이죠?"

　"네 그렇습니다. 누구시죠?"

　소장님 좀 빨리 바꿔 주세요. 건너편 목소리가 숨이 곧 넘어갈 듯 다급했다.

"누구신데 그러세요? 신분을 밝히셔야 전할 것 아닙니까?"

"나, 와촌 마을 민박집 주인장이외다."

"소장님은 현장에 볼일이 있어 잠깐 내려가셨는데 조금 기다리세요."

직원이 수화기를 든 채 방송을 통하여 소장님을 호출하고 곧이어 최두식이 뛰어 들어와 수화기를 덥석 낚아챘다.

"전화 바꿨습니다. 누구시죠?"

"여기 와촌 마을인데요. 하도 오래간만이라 기억이 나실는지 모르겠네요?"

"아, 아~ 그 펜션 주인장이시구나, 무슨 일인데 그러세요?"

"이걸 말로 해야 하나? 말아야 하나…"

상대편에서 잠깐 망설이는 낌새가 들리더니 갑자기 뚝, 통화가 끊겨 버렸다.

"아, 빨리 말씀하세요? 여보세요, 여보세요!"

잠시 후, 전화벨이 다시 울렸다.

"나, 현장 소장입니다. 누구시죠?"

"소장님이 틀림없죠?"

"네, 네."

"이건 극비인데요, 얼른 이곳으로 오셔야겠어요."

"무슨 일 때문에 그러시죠?"

"그 괴청년이 또 나타났어요."

"뭐라고요? 지금 거기에 계신가요?"

"네. 자기가 몇 년 전에 사용하던 방을 치우라고 해서 청소를 말끔히 해 줬더니 방금 그 방으로 들어갔어요."

"가만 계세요, 금방 가겠습니다."

최두식은 수화기를 내동댕이치듯 책상머리에 버려두고 부리나케 차를 몰아 와촌 마을로 향했다. 초조한 기색이 역력했다. 혹시나 누가 눈치챌까 봐, 숨죽여 운전대에 몸을 바싹 붙이고 웅크린 상태였다.

마을 초입에 들어서자 펜션 주인장도 마음 졸이며 나왔는지 주변을 두리번거리며 서성거렸다. 최두식은 차를 조심스럽게 마을 앞 주차장에 세우고 노인에게 손을 흔들자, 노인장은 오른쪽 손가락으로 입을 가로질러 '쉬~ㅅ' 하는 시늉을 하며 괴발디딤으로 살금살금 다가섰다.

"지금도 방에 들어 있나요?"

"모르죠. 아까는 분명히 방으로 들어간 것을 확인했거든
요."

"무슨 짐 꾸러미나 동행한 친구는 없었나요?"

"네, 전에 민박할 때처럼 혼자 왔어요."

민박집 주인장은 오른손 집게손가락으로 콧등을 지긋이
치켜세우며 무슨 생각에 골똘하더니 이내 의견을 개진했다.

"어떻게 할까요? 제가 들어가서 불러낼까요."

"아니죠. 제가 직접 대면하죠."

"그래요. 그게 편할 것 같아요."

두 사람은 설레는 가슴을 안고 살금살금 펜션으로 들어섰
다. 마루에서 헛기침을 한두 번 한 소장은 그 괴청년이 들었
다는 방문을 조심스럽게 노크했다.

"계십니까?"

문이 비시시 열리더니 그 괴청년이 얼굴을 쑥 내밀었다.

"아이고 이게 얼마 만입니까?"

그 괴청년도 반갑다는 듯 마루까지 좇아 나와 악수를 청했다. 하는 행동을 보면 영락없는 지구촌 사람 그대로였다. 소장 최두식은 이웃 사람들에게 들킬까 봐, 오른손 손가락으로 입을 가로 질러 '쉬~'하며 무작정 그 괴청년을 방안으로 쑥~ 밀고 들어갔다.

"기자들이나 이웃에게 들키면 난리 납니다."

"아니, 왜요?"

"지금 지구촌에서는 초능력을 처음 봤잖아요. 그래서 당신이 지구촌 사람이 아닐 것이라는 판단에 난리가 났었어요."

"아!~ 그래요?"

"그런데 댁은 어느 우주에서 오셨나요?"

"아, 참 인사가 늦었군요. 저는 은하수 너머의 타 우주, 다시 말해 외부은하에서 왔어요."

"어쩐지? 그럼, 우리 은하수 너머 외계인이다 그 말씀이죠?"

"네, 그렇습니다."

"그런데 우리나라 말을 그렇게 유창하게 잘하세요?"

"아하, 이런 초능력 정도 되면 내가 지금 우리 우주 말로

지구촌으로
    소풍 나온 외계인

하고 있는데도 자동으로 번역이 되어 그렇게 대화가 가능합
니다."

독심술로 이미 해독되어 자체통역이 되고 있다는 뜻이다.
"하기는 초능력을 하는 자가 뭐를 못 하겠어요."

둘은 일단 남의 눈을 피해서 며칠 간 밀회를 하기로 약속
하고, 일단 오늘은 먼 여행에 피곤할 것이란 예감이 들어 자
리를 비켜주는 것이 예의일 것 같았다.
"오늘은 좀 쉬신 후, 내일 덕담을 나눌까요?"
"그럴까요. 저도 오늘은 좀 피곤해서?"
"그럼 편히 쉬세요."

최두식은 외계인의 숙소를 빠져 나왔다. 민박집 주인이 의
아한 눈초리로 최두식의 차까지 따라 나와 인사를 했다.
"아니 왜 벌써 가세요?"
"오, 호. 저 손님이 피곤할까 봐, 내일 이야기를 나누기로
했어요."
"초인인데 무슨 피곤… 헤헤… 그럼, 안녕히 가세요."

최두식은 민박집 주인장에게 재차 다짐을 받았다.

"주인장, 절대로 누가 눈치를 채면 안 됩니다."

"왜, 그러시죠?"

귀찮으니까 그러죠. 아, 생각해 보세요. 저 괴청년이 나에게 몇 번씩 다짐을 받더라고요. 만약 자기의 신분이 노출되어 구경꾼들이 집단으로 몰려와 성가시게 굴면, 당장 튀겠대요. 그래서 저 청년의 신변에 이러쿵저러쿵 말들이 많으면 영감님은 손님 놓치고 취재하는 기자들에게 들볶여 멀쩡한 집만 쑥대밭이 될 것 아닙니까. 그러니 철저하게 비밀을 지켜서 저 괴청년의 일에 방해가 되지 않게끔 편안하게 해줘야 한다고요.

"듣고 보니 그러네요. 철저하게 비밀을 지키겠습니다."

최두식은 차를 몰아 돌아오면서도 연신 싱글벙글 콧노래를 불렀다.

'절호의 찬스가 온 거야. 저 괴청년에게 초능력을 코치 받아 내가 세계적인 명사가 되어야겠어.'

아주 야무진 포부가 숨겨져 있었다. 일단 사무실에 전화를 걸어 직원들에게 시간에 맞춰 퇴근하라고 지시하고 숙소로 직행했다. 집 앞 주차장에 차를 세워 두고 골목길로 막 꺾어 드는데 어제 보았던 그 꼬맹이들이 또 거기서 술래잡기를 하고 있었다.

"안녕하세요."

어제 그 야무진 꼬맹이가 넙죽 인사부터 올린다.

"아이고 어제 그 다부진 아이로구나."

최두식은 그 학생 머리를 쓰다듬으며 말했다.

"어제는 이 아저씨가 너의 편이 돼 주지 못해 얄미웠지?"

어른들에게 한 발짝도 물러서지 않고 또박또박 자기주장을 폈던 그 아이의 볼을 가볍게 꼬집으며 칭찬해 주었다. 그랬더니 그 꼬맹이, 왈.

"아저씨, 마음을 기계로 만들어도 되면 뇌를 스텐(스테인리스)으로 만들면 안 되나요?"

"왜, 그런 생각을 했지?"

"스테인리스는 녹이 슬지 않잖아요."

"하하, 요 녀석 봐라. 스테인리스가 녹슬지 않는다는 것도 다 알고, 어지간한 고등학생들보다 더 낫다."

야. 그런데 너는 그런 얘기들을 어디서 얻어 들었냐?

"우리 삼촌한테요."

"삼촌은 뭐 하는 사람인데?"

"지금은 대학생인데요, 앞으로 훌륭한 우주과학자가 되겠대요."

"오! 그래, 아까 뇌를 스테인리스로 만들면 어떻겠냐고 물었지?"

"네."

글쎄, 그건 가봐야 알겠지만, 뇌의 뉴런(RNA)을 컴퓨터로 복제하여 컴퓨터에 뇌 기능을 저장한다는 말을, 네가 오버한 것 같아.

"오버는 또 뭐래요?"

"으응, 넘겨짚었다는 뜻이야."

지구촌으로
소풍 나온 외계인

"네, 나는 겨울외투를 들먹이는 줄 알고 깜짝 놀랐어요. 피곤하실 텐데 어서 들어가 쉬세요."

"하하, 고놈 참 기특하네."

놀이하는 아이들을 뒤로하고 숙소로 돌아온 최두식은 오늘 있었던 외계인과의 조우를 고경민에게 전화로 털어놓을까 하고 망설이다가 그냥 참았다. 이유는 단지 보안 때문이었다.

다음 날 아침 최두식은 현장에도 들리지 않고 곧장 와촌마을로 직행했다. 좀이 쑤셔서 견딜 수가 없었다. 그래서 시간적 여유가 생기면 노상 안절부절 그 외계인을 놓칠세라 조마조마하고 노심초사였다.

마침, 펜션 주인장이 마당에 나와 서성거리고 있다가 최두식과 눈이 마주쳤다.

"소장님, 이리로 잠깐~…"

우측 행랑채 처마 밑으로 최두식을 끌어들이더니 '쉿'하고 오른편 검지로 자기 입을 가로질렀다.

"무슨 일이세요?"

어젯밤 궁금증이 나서 저 숙박하는 손님방을 창호지에 구멍을 내고 살며시 들여다봤거든요.
"그래서요?"
"깜짝 놀랄 일이 벌어졌어요."
"뭔데요?"

아, 글쎄 한밤중인데 저 괴청년이 혼자서 섹스하는 시늉을 하고 있었어요. 몸은 벌거벗고 달팽이인가 골뱅이인가 뭐 그런 연체동물처럼 한 몸뚱어리에서 암수 두 성기가 교미하는 장면을 봤다니까요.
"햐!~, 굉장한 것을 목격했네요."
"그렇죠! 참 희한했어요."
"아마, 저 괴청년이 초능력자기 때문에 쌍극자라는 것을 들킨 것 같아요."
"쌍극자는 또 뭐래요?"
"아하, 그 말은 고차원적 전문용언데요. 원자原子 이하로 내려가면 초미세입자들이 암수(음/양)가 구별 없이 한몸에 같이 존재한다는 뜻이에요."

저는 뭐가 뭔지 하나도 못 알아듣겠어요?
"전문용어니까 그런 것에 신경 쓰지 마시고 보안이나 철저히 지켜주세요."
네, 저는 그러면 소장님이 시키시는 대로만 따라 하면 되겠죠? 그럼요, 기자들에게 들통나면 전 세계 기자들이 한꺼번에 몰려들 텐데 그 혼란을 어떻게 감당하실 거예요?
"생각만 해도 아찔해요. 하여튼 소장님의 명령에 잘 따르겠습니다."

마님께도 단단히 일러두시고요. 어쨌건 어젯밤은 아주 중요한 것을 목격하신 것 같아요. 자, 자. 안채로 올라갑시다.
두 사람은 안채 대청마루로 돌아와 주인장은 아침 식사 준비하는 부엌으로 아주머니를 도우러 들어가고 최두식은 그 외계인 방문을 노크했다.
"편히 쉬셨나요?"
"아, 네 네."
"너무 일찍 방문했죠?"

"아뇨, 잘 오셨어요."

둘은 아침 인사를 나눈 후, 방 안에서 모닝커피나 한 잔 들고 대화를 나눌까 하고 기다렸다.
"글쎄, 저는 삼 개월에 한 끼니만 식사를 하는데 주인장 어르신은 매번 끼니때면 밥상을 차려 오시더라고요".
"하하하."

그것도 큰 고욕일 텐데 제가 있다가 주인장께 말씀드려야겠어요.
"여긴 관습이라서 그런 것 같으니 그냥 놔두세요."
"대신 커피나 내오라고 주문할까요?"
"그럽시다."
"그런데 청년께서 기거하는 우주가 무슨 별자리인지 궁금해요?"
"아, 네. 직녀성이라고 들어 보셨나요?
"그럼요."

똑똑똑… 누구세요? 커핍니다. 주인장이 때 마침 커피를

100
지구촌으로
소풍 나온 외계인

배달했다. 둘은 뜨거운 커피를 후후 불어 가며 하던 얘기를 계속 이어갔다.

"직녀성이라면 여기에서 한 254만 광년 떨어져 있다는데, 그 별자리가 맞죠?"

"족집게무당 같아요."

"하하, 그런가요…"

그 별은 안드로메다은하의 제일 바깥쪽 행성은하에 속해 있는 것으로 알고 있는데, 혹시 제가 뭐를 잘못 짚은 건 아닌지?

"아녀요. 대충 맞는 것 같은데요."

"아, 하. 내가 옳게 짚었구나."

"그런데 국부은하군이란 우주의 개념을 잘 모르겠어요?"

"아, 은하들이 무리지어 있는 은하 집단의 핵이라 할 수 있죠."

그러니까 은하들이 모여서 은하군을 형성하고 그 은하군들이 또 모여 은하단을 형성하고 은하단들이 모여 초은하단을 형성한다는 거죠. 그렇다면 행성이 태양을 중심으로 움직이듯이 위성은하의 중심축이 바로 국부은하군이겠네요? 네, 맞아요. 그런데 그 초은하단 너머를 여행해 보셨나요? 네, 거기도 우주의 끝이 아녀요. 거기도 벌집이나 물거품 모양의 거대 은하구조가 또 드러납니다.

"햐! 참말로 우주는 끝도 없이 광활하군요?"

그런데 은하계 구조는 다음에 논하기로 하고 외계인 당신께서는 초능력을 선취한 선배로서 우리 지구인들에게 뭐, 일깨워 줄 충언 같은 건 없나요? 그 괴청년은 잠시 깊은 생각에 잠기는 듯 눈을 지그시 감더니 손가락을 깜짝 퉁기며 대답했다.

"인간들이 초인으로 진화하고 초공간으로 진출하려면 아주 결정적인 단점이 몇 군데 있긴 해요."

최두식은 충언이니까 들어보겠다고 귀를 쫑긋 세웠다.

"지구인들을 가만히 겪어 보면, 뭐를 이야기할 때 꼭 추론을 먼저 정해 놓고 그것을 어림잡아 유추해 가는 버릇이 있더라고요."

"아직 진리가 완성단계에 들지 못하고 분석주의(요소환원주의) 단계라서 그래요."

"그 버릇은 빨리 제거해야 할 단점이에요."

"왜 그렇죠?"

아, 생각해 보세요. 초능력의 세상은 초스피드 사건이 눈 깜짝할 사이에 발생하고 종결되는데 그럴 시간이 용납되지 않아요. 그리고 두 번째는 의제를 은유적으로 에둘러서 추론해 가는 습관이 많았어요.

"어느 부분에서 그런 것을 느꼈나요?"

매사가 다 그런 것 같았어요. 초능력 세계에서 그와 같은 버릇은 아예 애초부터 용납되지 않아요.

"왜, 그런 게 허용되지 않죠?"

아, 생각해 보세요? 번개보다 빨리 사건이 전개되고 종결되는데 그럴 여유가 어디 있습니까.

"그러니까 촉觸이 빨라야 하겠군요?"

빠른 정도가 아니라 즉각적이고 반사적어야 해요. 한 치도

둘러치거나 에둘러쳐서는 안 되죠. 모두가 직관적이어야 해요.

"그럴 정도로 솔직해야 하는구나."

솔직하다기보다는 반사적이어야 한다 그거죠. 초능력 세계에서는 처음 몇 초 마이크로—미리만 어그러져도 끝 부분에 가서는 엄청난 차이가 납니다. 전혀 엉뚱한 결과가 나오게 되죠. 그래서 조그마한 가식이 붙어도 용납이 안 되는 세계가 바로 초능력 사회인 거죠.

"우리 지구인들은 데카르트 방법론에 길들어져 그럴 거예요. 진리가 완성된 상태가 아니라 이제 진리를 추적해 가고 있기 때문이죠."

미숙 단계라서 그렇구나? 지금이라도 그 밴 습성을 반드시 제거해야 해요. 그래야 초능력으로 가는 길이 뚫릴 거예요.

"걸림돌이 있다면 빨리 제거해야겠죠? 하지만 진리를 완성하지 못하면 뭐를 응용해서 사나요."

초능력 사회는 진리가 완성 단계에 접어든 것이죠. 내가 생각해 봐도 초능력세계에서는 가정법을 쓴다거나 은유법을 쓸 여유가 없을 것 같았어요. 모두가 직설적이고 돌려서 하는 버릇이 없어야 할 것 같아요.

"인문주의와 과학주의 차이가 바로 거기에 있구나. 그 부분을 빨리 고쳐야 초능력세계로 가는 지름길이 되겠군요?"

감성주의와 사실주의의 차이였다. 때문에 비비 꼬아서 간접적으로 암시한다거나 다른 수식어로 은근슬쩍 돌려 치고 그럴 여유가 없어진 세계다.

"듣고 보니 지구인들의 가장 큰 고질병이 은유하는 버릇이군요."

진리를 추적해 가는 단계라서 그 진리를 정복하기까지는 많은 이론들이 동원됩니다. 그러나 초능력사회에 접어들면 그 이론은 이미 완성단계를 넘어선 세계예요. 시대도 학교처럼 입학하여 학습하는 시대와 졸업하고 확립하는 시대로 넘어서면 배웠던 지식을 응용하는 최고학부로 넘어오죠. 초능력사회는 활용의 시대예요. 기왕에 초능력 세계로 가기로 결정되었으면 그런 부분부터 개선하고 나서 속도를 내야겠죠.

"환원주의 가치관과 종교적 세계관에서 물들어 온 상습인 것 같아요."

"핵심을 아주 콕 찌르셨군요. 초인=10차원=만능공식을 상기하시면 될 것 같아요."

"너무 매몰차다고 쏴붙이지 마세요. 하하하."

"호호호, 그럼요."

그런 버릇이 고쳐져야 초월적 문화로 들어서기가 수월할 거예요. 진리나 이론도 졸업하는 시대가 있고 그 열매를 활용하는 시대가 있나 봐요. 15세기 르네상스가 진리를 가설하여 이리저리 헤매며 찾아가는 시대라면 초-문화권은 그런 시대를 수료하고 응용하는 시대라 여겨져요.

"초능력 시대는 정립할 단계를 넘어선 거죠. 지난 시대에서 성립된 이론의 열매를 활용해 먹고사는 시대에 와 있다는 거죠."

충분히 수긍이 되고도 남습니다. 1초에 30만 킬로미터로 달리는 태양빛보다 더 빨라야 하는 세상인데 에둘러칠 여유가 어디 있습니까? 지구인들의 후진성이 바로 여기에 있었던

거죠. 직관적이고 반사적이어야 한다는 그 말씀 새겨듣겠습
니다.

"내말 가슴 깊이 간직하셨나요?"

"충분히 알아듣고도 남습니다."

사물을 보는 시각(감각)도 과거와는 전혀 딴판으로 이해해
야 해요. 가령, 어떤 목표를 보는 순간 직관적이고 초정밀하
게 있는 그대로를 파악하고 말해야 해요. 그래서 독심술이 필
요한 거예요. 수사가 비집고 들어갈 틈은 촌각이라도 허용되
지 않습니다.

"초능력의 세계는 현재와는 완전히 딴판이다 그런 말씀이
죠?"

다음으로 드리고 싶은 충언은 의제議題에 관한 충언인데
요. 쟁점을 보는 눈도 '참'이어야 해요. 색채나 감각을 에둘러
치면 다른 색깔이 된다고 앞에서 말씀 드렸죠? 초능력사회에
서는 그런 것들이 끼어들 틈이 없어요. 따라서 사물을 관망하
는 시야도 명확하게 초점을 짚어야 해요. 아까 말씀드리다가
만 은하계의 구조도 마찬가지예요.

"그러니까 진리를 논하고 해답을 찾는 세계는 이전 세상 (데카르트 방법론)의 산물이고, 앞으로의 초능력사회는 이전 세상에서 정립한 진리를 응용하는 시대로군요."

어쨌든 데카르트 사고 자체를 초탈한 세계라 보면 되겠네요? 맞습니다. 잘 이해하고 올바로 받아들였네요. 그렇다면 아까 말하다가 만 은하계의 구조를 좀 더 살펴볼까요? 은하계도 태양계처럼 초은하단이 제일 중심에 있고, 그 주위로 은하단이 공전하고 국부은하군 주위로 행성은하가 공전하고, 행성은하 주변은 위성은하들이 맴돌고, 그렇게 겹겹이 톱니바퀴처럼 물려 있는 거죠.

이러한 은하집단들이 수도 없이 많이 각자도생하고 있는 곳이 거대우주인 거죠. 그렇다면 대충 정리 좀 해 봅시다. 지금 외계인께서는 우리은하에서 제일 가까이 있는 안드로메다은하의 국부은하군에 속하는 위성은하에서 오셨다 그 말씀이죠?

"그렇습니다. 이제야 말귀가 좀, 트이는군요."

그러니까 얼른 알아듣기 쉽게 은하계도 중심에 태양처럼 국부은하단이 존재하고 그 둘레를 공전하고 있는 행성은하를 거느리고 있군요? 그 행성은하들은 또 우리 태양계의 달(月) 과 같은 위성은하를 거느리고 있는 그런 구조로 짜여 있는 거로군요.

"그렇다고 봐야죠."

은하단 하나에 평균 몇 개의 별들이 모여 있을까요?
"약 천억 개의 별이 모여 있죠."
"햐, 상상만 해도 어마어마하군요."

너무 광활하고 혼돈 구조로 짜여 있는 것 같아요? 거기에 따라 빛의 결이 차원을 형성하고 있다면 그 초공간은 상상만 해도 어지러워요.

지구가 소속된 우리은하계는 처녀자리은하의 주위를 맴돌고 있는 행성은하단에 속해 있다는데 우리은하를 중심으로 공전하고 있는 위성-은하는 마젤란은하와 소마젤란은하 등 약 40개 가까운 위성은하가 맴돌고 있데요.

가만! 그런데 우리가 지금 한가롭게 그런 걸 논하려고 만난 게 아니잖아요?

"왜? 일정이 빡빡한가요?"

"그럼요!"

그럼 하나만 더 물어보고 오늘 대화는 마감하기로 하죠. 아까 귀하가 사는 직녀성(베가) 자리는 일반사회가 초능력자로 구성된 초공간이겠네요?

"물론이죠, 국민은 모두가 초능력자죠."

"야! 상상만 해도 카멜레온(chameleon) 같은 빛의 세상이고 번개 같은 세상으로 느껴져요."

"그럼, 별들의 세계에도 암수(陰과 陽)가 있어서 음양작용을 한다고 들었는데 내일은 그 문제를 좀 알아보고 싶어요."

"그럽시다. 그 문제는 우주의 마음과 우주의 정신세계인데, 아주 심오한 영역이죠."

외부 우주에 대한 궁금증이 아직도 가시지 않고 많이 남았지만, 일부는 오늘 대담으로 상당히 해소되었다. 다음번은 우주의 '율려운동律呂運動'에 대한 의구심을 풀어 보도록 하죠.

아무쪼록 외계인의 설명을 듣고 나니 속이 다 후련해졌어요.
감사해요.

"잘하셨어요. 우주여행을 계획하고 계신 소장님께서는 당연히 알아야 할 상식이겠죠."

외계인께서 사시는 거기가 우리 지구촌의 생태계와 상당히 광도 차이가 나겠어요? 생태계 면에서 해석한다면 지구가 소속되어 있는 태양계의 빛은 온 우주에서 제일 약한 등급의 광도로 알려져 있거든요. 때문에 늘보들이 사는 생태계로 분류되어 있어요. 아마 나무늘보, 아니지 굼벵이들이라는 표현이 적절할까요? 그런 늘보사회에서 우리 초능력자들은 속이 터져 못 살아요.

"지금 외계인 당신은 몇 살쯤 되셨나요?"

"저요?"

"네, 한 30대 아니면 40대 초반?"

"천만의 말씀. 야, 그렇게 젊어 보여요?"

"네."

"제 나이는 지구 기준으로 치면 한 천 살쯤 될 거예요."

"네? 일천 살!"

소장님께서 제가 생활하는 우주에 대해 호기심이 있다든 지 또는 제가 거주하는 행성을 방문하고 싶으시면 언제든지 말씀하세요. 제가 직접 모시고 한 번 구경시켜드릴 용의가 있어요.

"그렇다면 여기서 직녀성까지 몇 년 정도 걸릴까요?"

제가 초능력으로 데려간다면 단 이틀이면 가능합니다. 다만 소장님이 아직 초인으로 진화하지 못했기 때문에, 영혼만 육체에서 빠져나와 동행해야 해요.

"예! 영혼만 빠져나와 동행하다니요?"

육체까지 함께 가시려면 초공간을 달리는 순간 모조리 타버리죠. 그런 점을 고려하셔서 의향이 있으시면 영혼만 가는 전제하에 저에게 언제든지 부탁하세요.

"와! 영혼과 육체를 분리하여 간다니까, 겁이 덜컥 나요."

"공포심만 잔뜩 부풀려졌나요? 흐흐, 현실을 직시해야 하거든요."

"영혼만 빠져서 여행하려면 어떤 절차가 필요하죠?"

지구촌으로
　소풍 나온 외계인

간단해요. 소장님의 마음에 제 초능력 칩(외계인과 극이 같은 스핀)을 집어넣어 양자역학에서 말하는 '장거리 상호작용'을 이용해 같은 극끼리 '스핀'을 이용해서 저희 직녀성까지 여행을 즐기시면 되죠. 그러면 소장님은 초능력자인 저와 똑같은 수준으로 손쉽게 모든 것을 구경할 수 있어요.

"거대 은하단을 넘어 초은하단까지 구경이 가능하다, 그 말씀이죠?"

"물론입니다."

"야~ 듣던 중 반가운 소식이네."

"놀라셨죠? 그러니까 제가 얼마나 소중한 존재인가를 다시 한 번 새겨 두시라 그겁니다."

"아주, 귀한 친구를 놓칠 뻔했어요. 공사장에서 박대하였던 점, 다시 한 번 사과드립니다."

일단은 저와 동반하면 거대우주를 여행할 수 있다는 특권을 지닌 거예요. 염두念頭해 두세요. 그렇게 되면 소장님의 육체는 집에서 편하게 주무시면서 꿈속에서 가상세계와 같은 현실우주여행을 하는 그런 경험을 합니다.

자! 오늘은 할 일이 많아서 이만, 다음 덕담은 날짜를 잡아서 연락드릴게요. 제와 약속한 문제는 언제든지 저에게 요구하세요. 단 우리 둘만의 비밀입니다. 오늘은 나와 동등한 극의 스핀(spin-초능력 스핀) 하나를 소장님께 드리고 갈 테니 그것을 꼭 간직하고 계시다가 필요할 때 사용하세요. 분실하거나 도난을 당하면 큰일 납니다. 자, 자! 그러면 이것을 받으세요. 그는 아주 좁쌀 같은 구슬 하나를 주머니에서 꺼내 건넸다.

　"아니죠, 내 영혼에 초능력-칩도 넣어야 한다면서요?"

　"아, 참. 그렇군요. 그럼 다음 기회에 날짜를 잡아 시술하기로 하죠."

　"그렇게 해야 할 것 같아요. 저도 준비할 시간이 필요하거든요."

　"자, 그럼 안녕~."

　헤어지는 것도 속사포였다. 그가 건네려다가 다시 회수한 외계인과 동등한 스핀은 언제나 지니고 다녀서 장거리상호작용을 통해 서로 소통도 하고 의견도 교환할 수 있다는 것이죠.

"그뿐만이 아니라 무엇이든지 서로 상의할 수 있어요."

서로가 부탁할 사항이 있으면 언제든지 건의도 할 수 있고 또 서로 호기심도 해소하면서 협상할 수 있는 특권을 지닌 것이라고 했어요. 대신 절대로 외부에 노출되지 않도록 극비리에 사귀어야 한다는 거예요. 자기들 세계에서는 이런 것이 밖으로 노출되면 곧바로 체포되어 제재를 당한다는 거죠.

"제재는 또 어떤 식일까? 형벌罰은 또 어떤 형식으로 집행할까?"

궁금증이 꼬리에 꼬리를 물고 일어났지만, 그 외계인의 스케줄에 의해 다음으로 미뤄야 했다.

"형벌을 가한다면 우리 인간들처럼 재판을 하나?"

아니면 단죄를 할까? 우리처럼 고리짝 같은 체벌에서 완전히 탈피했나? 궁금증만 계속 이어지고 있었지만, 다음 기회에 알아보기로 했다.

외계인은 '안녕' 한마디를 남기고 축지법을 이용해 동쪽으로 번개 같이 사라져 버렸다. 그 순간이 카멜레온이 보호색으로 자기 몸을 변색하듯 온 몸을 빛의 파노라마로 연주하더니 눈 깜짝할 사이 사라져 버렸다. 그 와중에도 소장은 펜션을 빠져 나오면서 주인장에게 다시 한 번 보안에 대한 문제를 당부하였다.

"영감님 알겠죠, 잉?"

두 사람만이 아는 눈빛을 교환했다. 돈은 걱정하지 말고 기밀이 누설되지 않게 철저히 함구하라는 거죠.

일주일 후, 두 인격체는 외계인이 머물고 있던 그 펜션에서 다시 만나 우주여행에 나설 제반 절차를 밟았다.

"우선 최두식의 영혼에 외계인의 초능력을 주입하는 시술을 해야 할 거 아냐?"

"자! 여기에 반듯하게 누우세요."

외계인이 방 한가운데 놓였던 매트를 가리키며 최두식에게 누우라는 지시를 했다. 최두식은 그가 시키는 대로 매트 위에 가만히 누웠다. 그랬더니 괴청년은 기도하듯 자세를 취하고 울긋불긋 카멜레온처럼 온몸을 파노라마 치더니 최두식의 머리에 오른손을 가만히 얹고 약 3분 정도 주문을 외웠다. 쉽게 말하면 그 모습은 최면술사가 최면을 거는 모습과 흡사했다. 그리고 약 5분 정도 지나서 바른 자세로 일어날 것을 주문했다.

"자~ 기분이 어떠세요?"

"평시처럼 아무렇지 않아요."

다음은 지난번에 주었다가 도로 회수해 간 좁쌀크기의 구슬을 최두식에게 건넸다. 이것이 얼마나 중요하다는 것은 지난번에 설명했죠? 네, 알겠어요.

"이 구슬은 껍데기인데 그 속에 보이지 않을 정도의 스핀이 들어 있어요. 한번 누르면 켜지는 것이고 두 번 누르면 꺼지는 겁니다. 알겠죠?"

정확하게 오늘 밤 자정을 기해 떠납니다.

"우주여행을요?"

"네. 한편으론 설레고 다른 한편으론 떨리네."

두 인격체는 약속을 단단히 하고 남은 시간은 각자 자기의 볼일을 선용하기로 했다. 최두식은 일단 현장으로 급히 돌아와 여직원에게 일주일간 휴가 신청을 낼 것을 주문하고 작업반장을 불러서 현장을 꼼꼼히 체크하면서 전권을 위임했다.

"내가 휴가 가는 동안 안전사고 없어야 합니다."

"명심하겠습니다. 즐거운 휴가 보내세요."

직원들은 마침 초가을이고 태풍과 함께 장마철이 겹쳐, '야호!'를 외쳐댔다. 소장이 휴가 가면 자기들은 고삐가 좀 느슨할 거라는 계산이었다. 흥, 누가 아니래. 허나, 소장님이 외계인과 우주여행을 떠난다는 사실은 까맣게 모르고 있었다. 모두가 모여 앉으면 요즘 소장님의 행동이 좀 이상해졌다고 삼삼오오 숙덕거리기에 바빴다.

자정이 가까워지자 최두식은 외계인의 처소로 찾아들었고 곧 외계인의 처방에 따라 깊은 수면에 빠져들었다. 문을 안에서 걸어 잠그고 창문 커튼도 모두 내린 상태라서 누구도 이 상황을 들여다볼 수 없게 해놓고 시작한 일이었다. 그런 후, 외계인은 혼자서 야밤을 틈타 우주로 힘차게 날아올랐다.

하루를 지나자 우주여행이 우리 은하계를 넘어섰는지, 우리 은하 외부에서 바라본 은하수가 태평양바다처럼 출렁거렸다. 초공간의 신비경을 온몸으로 느낀 최두식은 정처 없이 어디론가 내빼는 느낌을 받았다.

"야! 참으로 아름답다. 저 수려한 비경은 신神이 그려놓은 수채화일까?"

인류의
마지막 개화기

끝도 없이 펼쳐져 있는 광활한 거대우주는 말 그대로 보석 상자였다. 야~, 저것 좀 봐. 저~ 반짝거리는 별들이 보석의 원석과 무엇이 다르단 말인가? 그 한 중앙에 우리가 진주처럼 들어앉아 있고 그 주변에는 행성들이 별을 중심으로 블루스(blues)을 추고 있잖아! 저기 저 은하는 은하단을 중심으로 왈츠(waltz)를 춤추고 있네. 하하, 그야말로 거대우주는 별들의 댄스홀(dance hall)이야…, 신이 꾸려 놓은 사교클럽인지 자연이 공들여 쌓아올린 우주의 보석 상자인지는 알 수 없지만 그 황홀경은 무어라 표현하기 힘들 정도로 오색찬란했다.

이러한 신비경을 해부해 내기 위해 인간들이 초인을 꿈꾸었고 신만이 아는 우주의 비밀스런 경지에 도전한다는 것 아냐? 정말로 가슴 설렌다. 꿈속 같은 은밀함에 탄복하면서 최두식은 잠꼬대처럼 외쳐댔다. '너무너무 찬란해…' 우주여행에 들어간 지 이틀째 되던 날 외계인은 자기가 몸담아 사는 행성에 도착했는지 달리던 속도가 좀 느슨해지면서 주변 풍광이 슬라이드(slider) 필름처럼 천천히 전개되었다. 거기에서 돌아본 직녀성은 그야말로 천국이나 다름없었다.

"야!~, 그 좋다던 천국이 바로 저런 곳일까? 정말 자지러질 정도야."

우리 지구가 아름다운 행성이라지만, 직녀성에 비하면 클레오파트라와 째쁘로 치부되겠어? 저 그림 같은 수려함을 뭐로 표현해야 좋을까, 지구촌 언어로는 설명할 수식어가 없을 정도였다. 한 10여 분 간 외계인은 직녀성 곳곳을 누비며 최두식을 위하여 서비스를 하는가 싶더니, 드디어 자기가 둥지를 틀고 사는 처소에 안착했다.

"여기가 제가 기거하는 보금자리입니다."

그들의 주거 환경은 벌집을 쌓아 올린 마천루 같았다. 거기서 각자가 자유를 만끽하며 최대한 즐기는 생활상으로 느껴졌다. 우리 지구인들처럼 가족공동체를 이룬다거나 직장 공동체로 사회적 단위가 형성되어 있는 게 아니라 개개인의 특성을 최대한 살리면서 마음껏 즐기는 생활공간으로 감지되었다.

"'자연은 고차원으로 올라갈수록 단순해진다'는 말이 있잖아."

맞아, 10차원의 인격체들이 사는 주거 공간은 그야말로 단조롭기 그지없었다. 꼭 일벌들이 혼자서 생활하는 그런 현상을 느꼈다. 그러다가도 어떤 행사나 정쟁이 발발할 때는 떼 지어 공격하고 방어하며 집단성을 과시하는 그런 생활상으로 보였다.

깊은 잠에서 깨어난 최두식은 숙면에 든 날로부터 6일후였다.

"아이고, 잘~ 잤다."

감격과 잠꼬대를 연발해서 그런지 눈은 놀란 토끼눈 같이 둥그스레하고 얼굴이 약간 야위어 있었다. 꿈속 같은 우주여행을 며칠간 즐기면서 거대우주를 한바퀴 돌아보니 무엇보다도 지구촌 사람들의 꾀죄죄함이 절절히 와 닿았다.

"저 촌스럽고 궁상맞은 후진성에서 언제쯤 탈출하려나."

새로운 은하문화로 빨리 전환해야 하는데. 광활한 우주바다에서 느낀 회한悔恨은 그야말로 지구인들의 찌뿌드드한 구태였다. 그래, 우주나루터가 준공되면 제일 먼저 범 우주문화 시범단지를 조성해야겠어. 이번 우주여행을 바탕으로 지구인들의 뒤웅박 신세를 파쇄 하는데 사력을 다할 작정이다.

일차적으로 최두식은 지구촌의 울타리를 걷어 내는데 전력을 쏟아서 더 넓고 광활한 거대우주인들의 문화로 시야를 넓히게끔 모든 분위기를 전환할 생각이다.

지구촌 사람들께 더 넓은 우주문화에 눈을 뜨게 해서 원시시대에서부터 15세기 르네상스를 넘어 21세기 인간의 한계를 뛰어넘기까지 숨 가쁘게 달려온 지구인들의 기량器量을 범우주적으로 발휘할 수 있게 바꿀 작정이다.

"선인들의 뚝심을 이어 받아 이제는 우리은하를 넘어 외계 은하의 문명으로 갈아탈 생각인가 봐."

왜 아니겠어. 그러한 전환기적 기질이 화려한 꽃봉오리를 맺고 또 새로운 우주문화로 활짝 개화되어서 오늘날의 지구촌 문화가 더 승화되고 고차원적인 거대우주로 훌쩍 뛰어올라야 한다고.

"낡은 인습을 구체적으로 어떻게 타파한다는 거죠?"

우선 은하문화에 알레르기 반응을 보인 사람들부터 특수교육을 통해서라도 지구 밖의 외계 문명에 눈을 뜨게 독려할 작정입니다. 그 첫 번째가 지구인들의 먹통 같은 지구외부의 초공간 정보를 일깨워 줘야 할 거 같아요. 그 한 방법으로 거대우주의 상식을 넓혀 줄 전문 프로그램을 개설해 홍보할 작정입니다.

앞에서도 최 소장이 언급했듯이 호수 안에서 노는 물고기가 수면 위에서 일어난 세상사를 모르고 살아가듯, 4차원의 지붕 밑에 파묻혀 사는 지구인들이 그 이상의 고차원적 세계를 인식하게끔 뚜껑을 확 열어젖힐 계획입니다. 그리하여 4차원 뚜껑 위층의 차원으로 뛰어 오르게끔 할 결심이죠.

수면 위를 못보고 살던 물고기를 커다란 유리어항에다가 집어넣어 어항의 측면을 통하여 안 보이던 수면 위의 세상을 엿볼 수 있잖아요? 그와 같이 초공간 빛의 광야를 결로 인식 하게끔 투명한 터널(tunnel)이나 캡슐(capsule)에 신경을 곤 두세워야겠어요.

"당최, 이해가 안 돼, 그런 것을 겨냥한다고 고차원의 형상 이 엿보이나?"

아, 4차원을 넘어서 고차원을 인식해야 거대우주로 발돋움 할 것 아녀요? 그렇다면 그 고차원을 인식했다고 치자. 그 시 선으로 뭘 할 건데?

"하! 참. 초공간을 통과해 우주 이민시대를 열기 위해서 죠."

거대우주를 한 바퀴 돌아 본 최두식은 일주일 만에 현장사 무실로 출근했다. 초췌해진 소장의 얼굴을 보고 직원들이 어 디가 편찮으냐고 난리였다.

"아냐, 이렇게 튼튼하잖아?"

작업반장이 그동안 업무 사항을 보고하기 위해 제일 먼저 뛰어 올라왔다.

"소장님 휴가 잘 보내셨습니까?"

"그래, 자네 덕분에 아주 유익한 휴가를 즐겼어."

"이대로 가면 앞으로 삼개월 내로 준공에 들어갈 것 같습니다?"

"그래, 그동안 자네가 너무나 수고 많았네."

"뭘요?"

"될 수 있으면 마무리 작업을 꼼꼼히 감독하라고."

"네, 네."

최두식은 창밖으로 내려다보이는 여자만의 거센 파도를 조용히 음미하면서 긴 한숨을 토해냈다. 19세기 말 치열하게 전개되었던 옛날식 계몽운동은 아닐지라도 낡은 지구촌문화의 후진성을 널리 일깨워 초능력사회로 발돋움할 수 있게 노력할 거야.

"그럼요. 초능력사회를 인식시키는 프로그램을 기획해야 되겠어요."

지구촌으로
소풍 나온 외계인

우선 분위기를 전환할 필요성을 느끼게끔 새롭게 분위기를 조성해야 돼. 그것이 거대우주로 진출하려는 마지막 불꽃인지도 몰라? 깨우쳐야할 대상을 우선 파악해야 되겠어요.

"조만간 연구단지가 조성되면 팀을 구성하여 제일 먼저 시작할 사항이 새 대륙(우주)에 대한 예비 훈련이야."

사회적 붐을 통하여 먹통 같은 지구문화의 늪에서 하루바삐 빠져 나와야 하고, 다음으로는 거대우주를 홍보하는데 사력을 다 할 작정이야.

"소장님, 그 외계인에게 특강을 요청하면 어떨까요?"

거 참, 좋은 아이디어다. 외계인을 직접 개입시켜 체험한 장본인으로서 새로운 형식의 연수교육을 모색해 보자, 그건가?

지금, 인류가 인공두뇌프로젝트를 통해 초인으로 거듭나고 초공간을 마음대로 휘젓고 다닐 만큼 일상화가 된다고 하더라도 자력으로 초월적 문화를 뿌리내리기란 여간 어려운 일은 아닐 거야. 그래서 그 애로를 외계인에게 솔직하게 털어

놓고 홍보대사로 나서게 하여 경험된 초월적 외계문화를 몸에 배게 할 작정이다.

"전근대적인 계몽운동과 차별성을 두자 그런 뜻인가요?"

지금이 어느 시대인데 옛날 계몽운동을 끌어다 붙이고 그러서… 하여간 퇴근하면 숙소에서 야밤을 틈타 그 외계인과 이 문제를 논의해야겠어, 최두식은 나름대로 계획을 짜서 간단한 안건을 메모지에 정리하고 있었다.

"소장님 퇴근 안 하세요?"

"야~ 벌써 그렇게 됐나?"

나는 휴가로 밀린 업무를 좀 정리해 놓고 나갈 테니까. 자, 자~. 어서들 퇴근하라고. 최두식은 직원들을 죄다 돌려보낸 후, 휑뎅그렁한 사무실에 혼자 남아 왼쪽 손으로 턱을 괴고 눈을 지그시 감은 채 뭔가 골똘히 생각에 잠겼다.

"빌어먹을 보안 문제만 아니면 고경민과 의기투합하여 아이디어를 짜내면 훨씬 대처하기가 수월할 텐데…"

못내 아쉬워하며 혼자서 투덜투덜 벙어리 냉가슴 앓듯 하고 있었다.

"에이, 빌어먹을… 더는 못 참겠어."

마침내 옷걸이에 걸어 두었던 상의 호주머니를 뒤져 핸드폰을 꺼내 들었다.

"헤이, 날쎄 나. 요즘 뭐하기에 목소리 듣기가 그렇게 힘드나?"

건너편에서 기다렸다는 뜻 따발총을 쏴붙였다.

"누가 할 소리를 지금 누가 하냐?"

최두식도 스트레스라도 털어낼 듯 엠16을 쏴 댔다.

"어, 어~. 이 친구 보게, 요즘 고삐를 좀 느슨하게 풀어줬더니 상투 꼭대기에 올라앉겠네."

"냉큼, 대답 못해! 이번 주말쯤 어떠냐?"

"나, 요즘, 바쁘거든."

"빛나리─X호 발사 때문에 그러나?"

"그래, 하여튼 너희 형님 소변보고 손 닦을 시간도 없다."

고 박사가 되려 시큰둥한 반응을 보냈다.

"빌어먹을 매 때리러 갔다가 되려 매만 맞았네."

그럼 언제쯤 시간이 나는데? 꼭 만나야 할 사정이 생겼거든.

"야야, 지금, 이 전화로 말하면 안 되나?"

"짜식, 꼭 이렇다니까. 많이, 바쁘다 이거지?"

"또 그런다. 너는 그 삐지는 게 병이야."

저그나마 바쁘면 저럴까 하면서도 최두식은 혼자서 끙끙 앓고 있었다.

"젠장, 바쁘면 바쁘라지."

오른손에 잡혀 있던 볼펜을 책상머리에 내동댕이치면서 핸드폰을 뚝, 꺼 버렸다. 잠시 후, 벽시계를 흘끔 쳐다본 최두식은 메모한 내용을 손가방에 주섬주섬 챙겨 넣고 자동차를 몰아 숙소로 돌아왔다. 샤워를 마친 후, 잠시 의자에 앉아 쉬고 있는데, '삐까 삥~'하고 핸드폰이 울렸다.

"왜?"

받을 기분도 안 나 퉁명스럽게 쏴붙였다.

"진짜 무슨 일이 생겨서 그러나?"

"아냐! 너와 긴밀히 상의할 일이 하나 생겼거든."

"그럼, 어떡할까?"

"어떡하긴 뭘 어떡해. 바쁜 일부터 처리해야지."

좀 토라진 말투로 일부러 툭툭 쏴 댔다.

"야! 그러면 내일 아침에 다시 통화하자. 시간을 잠깐 뺄 수 있는지 체크를 해봐야 하거든."

"됐거든."

양해도 구하지 않고 전화를 뚝 끊고는 벽에 걸려 있는 시계를 쳐다보니 밤 11시가 넘었다. 최두식은 아까 사무실에서 정리한 메모지를 꺼내 다시 한번 훑어봤다. 자정이 가까워질수록 초조한 마음에 다리가 후들거렸다. 진짜 여기서 254만 광년이나 떨어져 있는 그 외계인과 통화가 가능할까? 내심 걱정 반 희열 반 흥분되기 시작했다.

"아, 여보세요?"

정각 자정을 기해 최두식이 은하수 너머 외계인을 호출했다.

"잘, 도착했나요?"

상대편에서 외계인의 목소리가 카랑카랑 흘러 나왔다. 마치 인근에서 통화를 주고받은 것처럼 청명하기 그지없었다.

"헤이! 반가워요."

"저도요."

지금 우리 지구촌에서는 우주문화로 갈아타는 모의 실습을 교육시키느라 안간힘을 쏟고 있거든요.

"그거, 듣던 중 반가운 소식이네요."

"거기에 특강을 좀 맡아 주실 수 없을까? 해서요."

스케줄을 체크해 봐야 해요. 특강이 일주일에 몇 번 정도 필요한가요? 한 두세 차례면 될 것 같아요. 고목처럼 묵은 관습을 뿌리 채 뒤집는다는 게 쉽지 않거든요. 깊게 자리 잡은 뿌리가 호락호락 뽑힐 리 만무하죠. 아니죠? 천천히 챙겨 가면서 새로 심은 나무가 뿌리내릴 수 있게끔 정원사가 돼야 할 것 같아요.

"아주, 생각하시는 논리부터 우리와 다르네요."

초-문화권에 입성하기까지는 걸림돌이 많더라도 건성건
성 한다거나 초조하게 굴지 말라는 뜻이에요.

"저희가 바빠 나대고 싶어서 그러는 게 아니라 하도 뿌리
깊은 후진성이 고목이라서 외계우주문화를 받아들이는 열기
가 녹록찮아요. 그렇죠? 제가 개입한다고 해서 빨리 호응도
가 올라갈까요? 거대 우주문화로 진출한다는 게 그렇게 호락
호락하지 않거든요.

"맞아요, 초능력을 지닌 외계인이 특강을 담당하면 아무래
도 지구촌 사람이 하는 것보다 훨씬 열기가 있고 호응도가 높
다고 판단하거든요."

여기 직녀성에서도 초스피드 문화로 정착하기까지 숱한
시행착오를 겪었다오.

"하여튼 인류가 왜, 초인이 되려고 애태우고, 지금의 능력
을 뛰어넘어 초능력으로 진화하려는지 또는 지금의 공간을
넘어 초공간을 누비려 하는지를 중점적으로 프로그래머 하여

기다리겠습니다."

당신은 초−문명을 누리고 사는 선대 문화인으로서 우리 지구인들의 조타수가 되어 주겠다는 학습 자료를 다양하게 제시해 주기만 하면 돼요."

"그래, 저도 당신이 제시한 그 의견에 박수를 보낼게요. 고마워요."

"오케이."

그 외에도 통화할 사안은 많았지만 최두식은 엉겁결에 손이 떨려 스핀을 덜컹 꺼버렸다. 마음이 덜덜 떨려서 무의식적으로 일어난 신경반응이었다. '흥, 내가 왜 이러지?' 아무리 과학이 발달했다 하더라도 250만 광년도 더 먼 거리를 두 당사자가 서로 통화할 수 있다는 게 까무러칠 일이었다.

"앞으로 인류가 초−문화권으로 진입하면 텔레파시로 서로 이심전심이 되어 자동으로 소통이 될 텐데요 뭘…"

그렇다면 앞으로는 소통하는 스핀 자체도 퇴물이 되겠네요? 물론이죠. 잠시 뒤, 최두식은 통화를 다시 시도할까 하고 망설이고 있는데 외계인 쪽에서 먼저 신호를 보내왔다. 얼른 스핀을 열자.

'그럼 안녕히 주무세요' 하고 깍듯이 인사까지 서비스한다.

"OK, 나중에 만나면 우주의 음양론에 대해 사심 없는 토론이 있기를 기대할게요."

알고 보면 거대우주문화의 강의 내용은 노상 초인과 초능력으로 초공간에서 초스피드하게 일어나고 처리하는 문제들을 강의하게 될 거예요. 거대 우주회오리나 예기치 못할 블랙홀 등을 어떻게 피하고 대처할 것인가? 그런 문제들을 다루게 될 것 같아요. 네, 맞습니다. 초공간에서 부딪칠 재앙을 어떻게 피할 것인가 하는 문제도 상호대담형식으로 이루어질 것 같고요.

"빛의 감별법 또는 카멜레온처럼 빛에 적응하는 능력 뭐, 그런 강의로 아주, 유용한 특강이 될 것 같습니다."

과연 그럴까요? 지금, 외계인들의 세계에서도 우주를 아직껏 정복하지 못하고 있는 부분들이 많아요. 거대우주는 무턱

대고 덤빌 곳이 못 돼요. 아, 외계인을 보세요. 초인으로 진화한 지 몇 천 년이 흘렀는데도 아직까지 거대우주의 신비경을 다 해부해 내지 못하고 숙제로 남겨 두고 있잖아요. 그도 그럴 것이 우주의 내면을 파헤쳐 보면 그 진리가 스칼라(음과양이 한 묶음으로 완전히 표시된 양)일 것 같은데 거기에 반해 외부의 빛과 우주내부의 마그마 간에 거래는 음양론이며 또 초공간의 차원다짐은 파동으로 이루어져 있을 거라고 파악되지만 그 또한 단순한 논리로는 해결하기 힘들어요.

"우주의 항상성에 대한 문제도 빛에 의해 주도되지만 내면의 마그마(내면에서 받아들이는 빛 즉 열 기운)에 의한 음양론은 열작용에 의한 이론일 것 같기도 하고요. 이렇게 거대우주는 열과 빛의 조화 내지는 중력과 빛깔의 파동 등으로 아직도 풀리지 않는 미스터리가 수두룩하다고요. 그런 부분을 전화로 대화하자면 너무 길어지니까 나중에 다시 만나면 대화로 해결하자고요.

"그럼 가까운 시일에 또 만나요."

"네, 그렇게 하죠."

"그럼, 안녕히 주무세요."

"바이, 바이."

스핀을 끊고 최두식은 환호성을 질러댔다. '야호! 나는 이제 영웅이다. 영웅!' 초능력자인 외계인과 첫 통화를 마치고 '성공적'이었다면서 마치 어린애처럼 자축하고 있었다. 물론 혼자서 마음속으로 부르짖는 브라보다.

"분명히 이번 통화는 우리 인류가 새로운 길로 한 걸음 나아갔다는 신호탄일 거야."

최두식은 취침 시간이 지났는데도 잠을 청하지 못하고 방안을 왔다 갔다 하다가 또 빙빙 돌기도 했다. 새벽이 다돼서야 새우잠을 겨우 붙이고 출근길에 나섰다. 현장에서도 일손이 잡히질 않았다.

"소장님, 요즘 무슨 근심거리라도 생겼나요?"

만나는 사람마다 인사가 그 말이었다. 자기가 거울로 확인해봐도 얼굴이 핼쑥하고 광대뼈가 뚝 튀어나왔고 눈동자도 불안하게 흔들리는 것이 스스로 느껴졌다.

"미스 박, 반장 좀 올라오라고 해."

최두식은 여직원에게 작업반장을 호출하라고 지시해 놓고도 자기는 사무실 밖으로 빠져 나가 뒤뜰에서 애먼 일을 만지작거리고 있었다. '혼이 나갔어?' 이제는 말단 잡부들까지도 고개를 갸우뚱거리기 일쑤였다.

"부르셨습니까?"

반장이 뒤뜰까지 찾아와 반가운 기색을 하자 소장은 자기가 호출한 사실도 잊어 먹고 멀뚱히 반장을 쳐다보다가 "뭣하러 왔어"하고 딴청을 떨었다.

"아, 소장님이 찾으셨다면서요?"

"누가 그래?"

"미스 박이요."

가만 내가 그랬나? 그제서야 자기 방으로 반장을 데려가서 마무리 작업에 이것저것 신경 써서 잘하라고 강조했다.

"이봐, 건너편 캐비닛 위에 조감도 좀 꺼내 와."

구석구석 지적하면서도 타일 색깔이 마음에 든다고 칭찬도 아끼지 않았다.

"내일 준공식 때 손님들이 많이 오시겠죠?"

많을 정도가 아니라 아마 저 광장이 미어질 거야. 아, 생각
해봐. 미국과 영국, 프랑스, 독일 등 세계 굴지의 석학들과 감
리단 등등 많은 국가에서 하객으로 오겠다고 연락이 온 것만
해도 어마어마하게 많다고… 손님들 접대도 특별히 신경 써
서 준비하라고, 알아들어?

"네, 여부가 있겠습니까? 서울에서 일류 요리사들을 초빙
해서 단단히 준비하고 있습니다."

"아, 참. 지난번 연구단지 투시도는 어떻게 됐나?"

"저희 캐비닛에 잘 보관되어 있습니다."

내일 새벽 일찍, 내가 출근할 테니까 한 5분 정도 브리핑자
료를 점검할 수 있도록 대비해 두라고. 그 예행연습이 끝나는
대로 준공식에 들어가야 하니까 설계 도면과 함께, 브리핑 자
료를 묶어두라고….

"네, 알겠습니다."

최두식은 반장을 돌려보낸 후, 잠시 의자에 앉아 개구리잠

을 청했다. 어제저녁부터 잠을 설친데다 업무에 시달려 피로가 한꺼번에 엄습해왔다. 오후 4시가 넘어서 여직원이 깨우는 바람에 놀라서 눈을 떴다.

"뭐야?"

"내일 브리핑할 자료 검토하셔야죠."

서무과장이 차트(chart) 다발을 들고 들어와 브리핑자료를 걸어놓고 나갔다.

"그래 어디 좀 넘겨 봐."

"아니죠, 이거는 소장님이 직접 넘겨 가면서 예행연습을 해야죠."

주제넘게 서무과장이 소파에 깊숙이 눌러앉으면서 소장께 브리핑을 주문했다. 직원들이 문을 비집고 그 광경을 지켜보고 있다가 폭소를 자아냈다.

"그래그래. 가끔은 그런 역전드라마도 펼 수 있지."

소장은 직원들을 모두 불러들여 밭은기침을 한두 번 한 다음 실제 상황처럼 브리핑을 해댔다. 직원들이 박수갈채를 보내고 예행연습이 끝난 후, 각자 자기들 거처로 퇴근했다.

다음날 예정한 대로 많은 하객이 아침부터 줄지어 몰려들었다. 일부 기자들은 어제저녁부터 잠복하며 기다렸는지, 동이 트기도 전에 신축 청사로 밀고 들어와 진을 쳤다. 외신들뿐만 아니라 각 방송사의 카메라맨들 특파원들 외국 유명 잡지사의 취재진 등등 유수 글로벌 언론사들은 말할 것도 없고. 수많은 매스-미디어가 우주나루터 준공식을 취재하느라 북새통을 이뤘다. 그 외 각 지방 언론사들까지 합세했으니, 말 그대로 우주나루터 준공식 주변은 입추의 여지가 없이 꽉 들어찼다.

그 인파를 헤집고 과기처 직원들이 국제항공우주국컨소시엄 팀을 이끌고 들어 왔고 또 세계적으로 손꼽이는 우주과학자들과 각 대학 천문학자들, 관내 기관장 등등 앵무산자락이 미어터질 정도로 모여들었다. 오만 평이 넘는 우주나루터 광장은 그야말로 축하객들로 인산인해를 이루었다. 그들은 무엇보다도 우주 돔 지붕이 날개를 활짝 편 독수리 모양으로 설계된 것에 마음이 든다며 타원형으로 이루어진 아이디어에 박수를 보냈다.

"이 정도면 홍보는 따로 할 필요가 없겠지. 안 그래?"

전 지구촌 사람들의 머리를 자동으로 깨우칠 수 있게끔 매스컴들이 난리들이잖아.

"맞아요, 방송에서 스스로 선전효과를 톡톡히 해 주네요."

'앞으로는 본 우주나루터를 거점으로 비행접시들이 저 거대한 우주광야를 누비며 활짝 날아오를 것을 상상해 보십시오. 여러분! 지구촌 사람들이 이제야 철이 들었나 봅니다. 저 거대한 외계우주를 샅샅이 뒤져 탐구하고 개척할 것을 상상해 보십시오. 본 공사를 성공적으로 마무리할 수 있도록 물심양면으로 도와주신 지구촌 가족 여러분! 모두모두 박수로 축하해 주세요! 전 지구인들을 대표하여 우리가 뛰겠습니다.'

구내방송에서는 연신 확성기를 통하여 축제 분위기를 고조시키고 있었다. 오전 11시가 조금 넘어서 건물감식조가 관광버스로 도착하면서 모든 하객들은 정점을 이루었다. 그들은 도착하자마자 자기들에게 맡겨진 감리업무에 돌입했고, 점심시간이 조금 지나서 준공식의 막이 올랐다.

애국가 제창에 이어 과기처장관의 축사로 팡파르가 울리고 식순에 따라 각 단체장의 축사가 이어졌다. 그중에서도 제일 나중에 단상에 오른 최두식 소장의 현황 보고가 일품이었다. 본 우주나루터 사업이 앞으로 인류 사회에 어떤 역할을 할 것인가에 대한 전망과 연구 단지를 활용해서 미래에 다가올 우주문화의 혜택에 대해 브리핑이 있었고 그 뒤를 이어 직원들의 사택단지 및 후생복지에 관한 청사진이 하객들을 놀라게 하였다.

"야, 앞으로 여기가 국제 실리콘벨리로 떠오르겠어?"

"그러게 말이야. 여기가 거대우주로 향하는 관문이잖아?"

하객들은 모두 최두식 소장의 우주개척에 대한 청사진을 보고받고 박수를 아끼지 않았다. 지구촌 우주나루터가 K국 앵무산자락에 유치되었다는데 대하여 부러움을 자아낸 외국 손님들도 많았다. 그들은 적극적인 지지를 다짐하면서 앞으로도 응원을 아끼지 않겠다는 약조까지 덧붙였다. 현재 청사 부지가 비좁으면 내려다보이는 저 여자만을 모두 매립하여 지구촌의 우주항공—허브로 거듭나도록 그 규모도 넓히겠다는 포부에 박수갈채가 터졌다.

"야!~, 오래 살고 볼 일이야. 이런 후미진 오지가 저렇게 찬란한 우주관문이 들어설 줄 누가 알았겠냐?"

"오래 사는 정도가 아니라, 앞으로는 죽지 않고 영원히 산데요."

"ㅎㅎㅎ."

"호호호."

폐회식을 마치고 손님들이 모두 돌아간 뒤, 최두식은 뒤치다꺼리를 정리하다가 갑자기 무릎을 쳤다. '아차! 그 외계인을 초청했어야 했는데… 깜빡 했네?' 혼자서 자기 자신의 뒤통수를 쥐어박으며 신경질을 부렸다.

'참, 좋은 기회였는데, 내가 왜 그 이벤트를 까먹었지?'

내심 안타까워서 죽고 못 사는 표정이었다. 그 외계인이 우리 지구인들을 위해 외계우주문화를 전달할 프로만 제공했어도 오늘 행사는 클라이맥스에 오를 수 있었는데, 내가 까마귀고기를 먹었나? 왜, 그 특선 프로를 까먹었지? 치매는 아닐텐데? 와촌 마을 펜션 주인장이 최두식과 잠깐 상의할 일이

지구촌으로
  소풍 나온 외계인

있어 남아 있다가 최두식의 한탄하는 독백을 눈치 챘는지 '피식' 웃더니 한마디 거들었다.

"버스 지나간 후에 백 날 손들어 봤자 아무 소용없어요."

다음 날 아침, 세계 유수 매스컴들은 K국의 S도시에 지구촌을 대변할 우주나루터가 완공되었다며 대서특필했다. '인류가 오랫동안 염원해 온 거대우주를 향해 첫 삽을 떴다' 또는. '우물 안 개구리가 지구 밖으로 뛰어 나갔다' 느니, '거대우주 개척이 본격적인 장도에 돌입했다' 느니, 등등 새로운 시대의 서막을 알리는 기사로 전 지구촌을 놀라게 하였다.

"야!~. 이제야 신천지가 인류의 손아귀에 들어온 모양이야?"

"확실하지?…"

물론이죠, 따로 눈을 뜨지 못한 사람들께 계획을 정리하여 일깨워 줄 필요는 없을 것 같아요. PR은 세계 매스컴에서 다 했으니까요.

"아냐! 케케묵은 골통 보수주의자들께는 인류로서 마지막 개화기라는 것을 꼭 일깨워 줘야 해."

다음은 초인으로 신세대를 맞이할 텐데 이번 행사를 통하여 인간이란 자격으로는 마지막 개화기가 되잖아.

"다음은 초능력의 세상이니까… 어쨌든 가슴 뿌듯해요."

"초인들의 수목원을 인간이 배려해준 꼴이네, 흥."

"그러게 서로서로 연결된 칡넝쿨처럼 줄기가 이어졌잖아?"

최두식은 상기된 표정으로 먼 수평선을 응시하고 있었다.

영생을 위하여

그렇다면 인류는 무엇을 위해 저 발광을 할까? 마지막 개화기를 넘긴 인간들은 그로부터 2백년 후, 초인으로 날개를 달았다. 애벌레초인이 서기2222년 걸음마를 시작했으니까 서기2422년 초가을에 접어들면서 엄지초인으로 호화찬란한 색동옷을 갈아입고 우화하여 양 날갯죽지가 제법 날벌레 형태로 진화하였다. 이렇게 인간이 초인으로 진화한 것은 틀림없지만 아직은 초공간을 마음대로 휘젓고 다니는 우화등선 단계는 아니었다.

"초능력 상태가 미숙하여 초공간을 누비려면 더 진화해야 노련해질 것 아냐?"

그렇고말고, 우화기를 거쳐야 지구촌을 떠나 타 행성으로의 우주이민에 돌입할 것 아녀요.

"겹경사를 노린 건가요?

"초인으로 진화한 기쁨을 넘어 초-문화권으로 우주이민까지 달성할 양 야단이로군?"

그럼요, 절차적 진화를 통하여 끝도 없이 광활한 거대우주를 자유롭게 누비며 개척할 주역이라도 되겠다는 것 아냐?

"이사할 타행성도 그 직녀성에서 왔다던 외계인의 주선으로 손쉽게 찾았다면서요."

"간단한 부엌살림까지 이미 미래의 행성으로 옮겨서 밥솥까지 걸어 놓았다나 봐."

햐, 대단하셔. 은하계 시대에 은하와 은하의 사이를 한 구간만 건너려도 수백만 광년의 시간이 소요되는데. 초능력 속도로도 며칠씩 걸릴 거리를 벌써 활보하여 우주의 베일을 벗겨내려는 스타트가 개시된 거로군. 그러면 다음 단계는 그 주체가 무한정 오래 살아야 할 것 아냐?

"맞아요, 몇 천 광년을 거쳐도 캐널까 말까한 방대한 우주의 신비를 몇 백 년도 못살고 죽어버린다면 어떻게 우주의 미스터리를 벗겨낼 수 있겠어?"

"그래서 초인의 수명을 우주나이 보다 더 오래 살게 늘려야 되겠군요?"

물론이죠. 해결사인 초인의 수명을 영원하게 유지해야 영원에 가까운 거대우주의 비사를 캐낼 수 있겠죠. 그래서 그임무를 위해 인간이 초인으로 진화한 거구요.

"그렇다면 초인의 생명을 영생할 수 있게 늘릴 수 있나?"

"암, 그래야 영원에 가까운 우주의 베일을 벗겨낼 수 있잖아."

젠장, 인간일 때는 초인만 되면 원도 없겠다고 야단이더니초인으로 진화하고 나니까 이제는 죽지 않고 영원히 살아야거대우주의 신비를 캐낼 수 있다네… 햐, 그렇게 미스터리와해답이 물고 물려서 사슬로 묶여 있었네.

"하하, 너무한다, 너무 해."

뭐가 야당스럽다는 거야? 천지가 노랗게 변하더라도 목표는 딱한가지야. 안 그래? 그런데 가만! 우리가 아주 기묘한

함정에 빠져든 것 같아? 뭐라? 함정陷穽!! 허방 구덩이에 빠졌
다는 걸 어떻게 알아? 생각해 보세요, 종교에서도 영생~ 영
생~ 하잖아! 혹시 우리가 종교의 웅덩이에 빠진 건 아닐까?
에이, 그럴 리가? 어쩌면 목표가 그렇게 똑 같으냐 그거거든,
하, 이 친구 되게 웃기네? 일반 보편적 목표를 좇다가 왜 또
뜬금없는 종교적 도그마가 어쩌고저쩌고 그래?

"생각해 봐, 우리가 영원히 사는 영생을 종교에서도 영생!
영생하고 외치고 있잖아? 어쩌면 목표가 그렇게 짜고 치는
고스톱이냐 그거야?"

우연이던 고의든 목표가 똑같으면 짜고 치는 고스톱이냐?
하, 이 초인, 되게 웃기네. 초인이라는 자체가 공통된 목표를
향하여 뛰겠다는데, 뭐가 그리 떫은가? 그렇지 않아도 해답
찾기가 미로에 걸려든 생쥐 같은데 종교에서도 어쩌고저쩌
고…걸고 나오면 이것도 저것도 다 헷갈리잖아? 설마, 하느
님을 믿는 초인들이 우주의 신비경을 캐려고 영생을 부르짖
는 건 아닐 테고? 그것, 참 묘하게 꼬이네?

"그렇다면 종교에서는 혹시 신神의 전지전능함을 캐려고
영생을 부르짖는 것 아닐까?"

에끼 이 초인아, 천부당만부당할 소리 그만하게. 종교가 무슨 학문하는 전당이냐? 어쨌든 귀에다가 걸면 귀걸이 코에다 걸면 코걸이 그런 식으로 얼버무리지 마. 헷갈려?

"에게게, 종교에서 밥 좀 얻어먹었나 보다, 흥."

설마 종교에서도 영과 육을 함께 영생불멸 하겠다는 건 아니겠지?

"맞아. 종교에서는 영혼만 영생하겠다는 것 같아."

지금 일반사회에서는 영과 육의 영생을 부르짖으면서 우주의 악조건을 통과할 강한 로봇(서로게이트)까지 연구하고 있는 것 아냐?

"맞아요!! 그래야 끝도 없이 광활한 은하계를 주름 잡고 다니며 신비를 캐낼 것 아냐."

영혼만 달랑 영생하여 뭐로 어떻게 성과를 낼 수 있겠어. 그리고 그 신비로운 우주신비경을 정신만으로 어떻게 벗겨낼 수 있겠냐 그 말이여?

"결론은 영과 육의 합체가 영생불멸해야 한다 그거로군."

두말하면 잔소리죠. 다음으로 강조하고 또 강조해도 아깝지 않은 목표는 만능의 초능력을 발휘해야 돼. 그리고 세 번째는 우주를 마음대로 돌아다니게끔 초공간을 쟁취하는 것이고.

"그런 다음 네 번째는?"

우주의 신비경을 파헤치는 것이야.

"아주 말로는 청산유수네, 흥."

그런데 그 불멸의 삶이 그렇게 호락호락할 리 만무하냐? 그거죠.

"불로초라도 캐 먹어야 하나?"

뼈를 깎는 노력과 도전을 해도 이루어질까 말까 한 산봉우리라 생각되어요.

"햐, 둘러대는 건 홍두깨로 소 몰듯하네."

하지만 초인들은 AI 프로젝트로 각고의 노력을 다하고 있잖아요. 그뿐인 줄 아세요.

"그럼 또 뭐야?"

과학계에서는 생물학적 피사체는 수명이 짧으니까. 아예, 생명력이 없는 디지털로 영생하는 초인을 제조하려고 한데요.

"허어, 이제는 별소리를 다 듣겠네, 인간성이 없는 로봇초인을 출시하겠다!"

옛날 신화에서도 그랬잖아요? 스핑크스처럼 사람과 힘이 센 동물을 결합하여 무소불위의 괴물을 등장시켰잖아? 역시 힘이나 수명에서 취약한 생물체로서는 어쩔 수 없는 궁여지책인가 봐요. 그 계책이 씨가 되어 현세에는 사람과 기계를 결합하여 영원히 사는 스핑크스를 탄생시키려 하잖아요.

"고육지책이야, 수명을 영구히 간직하려니까."

이제 와 생각하니, 초인의 선조들이 인공프로젝트를 세운다든지 유전자복제를 통하여 자기 유전자로 대를 이으려는 노력이 죄다 영생과 관련이 있었던 것 같아요.

"그렇다면 불멸의 초인들이 우주탐사를 통하여 신비한 우주의 비사를 캐냈다고 합시다, 그다음은 뭘 할 건데?"

햐, 꼭 어린애 같은 질문을 하네? 은하와 은하를 건너다니며 우주여행을 즐긴다든지 또는 거대우주에 무수히 매장되어 있는 자원과 보물을 캐낸다든지 광석을 채취하여 돈이 될 만한 보석으로 가공하여 유용한 장식품이나 공예품으로 수출할 수 있잖아요. 그런 어마어마한 이권을 챙길 수 있다는 거죠.

"햐, 말 그대로라면 부와 명성을 함께 얻겠네요?"

두말하면 잔소리지, 그 목표가 틀어지면 간첩이지, 지금 우주개발 하는데 얼마나 많은 피땀과 자금이 소모됐는지 아세요?

"천문학적인 돈과 부수적인 비용이 투자되었겠지."

인간의 후예인 초인들이 이 우주를 제패했다는 정복감은 또 어떻고요?

"맞아! 얼마나 우쭐하고 자랑스럽겠어."

아하! 그래서 초인의 조상님들은 죽음을 무릅쓰고 에베레스트산을 등정하고 그 야단을 쳤구나?

"신神보다 더 우월해 보이려는 자존감이라 그거죠?"

그렇다면 지금까지 진행된 실태를 점검해 보자고? 그래야 영생과 관련되는 진척도도 확인할 것 아냐…

"그거. 참, 좋은 생각이요."

초인들 이전 사회에서는 인공두뇌프로젝트를 세워 구체적으로 애벌레-초인을 개발하려고 사력을 아끼지 않았는데 염력이나 텔레파시 또는 독심술 등 초능력에 관한 문제를 인간들 각 신체기관에 칩으로 부착시켜 영생하는 수명까지 지속시키려는 노력을 게을리하지 않았다. 실제로 어떠한 절차적 진화가 있었는지 구체적으로 더듬어 보고 넘어 가자고…

"하, 초인으로 진화하더니 이제는 별 것을 다 체크하러드네. 참, 별꼴이야?"

덧붙여 초공간에 관한 연구도 더듬어 보는 게, 어때?

"초공간?"

"그래."

"초월적 공간이다. 그 말 아닌가?"

"글쎄, 말인 즉 그 말 같아. 그런데 고정돼 있는 우주공간을 어떻게 초월한다는 거야? 좀 어패가 있잖아?"

"공간의 끝, 낭떠러지에서 뛰어내리겠다는 말은 아닐 테고 대기권과 대기권 밖의 차원다짐을 논하는 것 아닐까?"

초인이니까 초능력으로 막 뛰어넘어 다니면 안 될까? 대기권과 대기권 밖은 막 돌아다닐 수 없는 벽이 있을 것 아냐? 왜냐하면 중력이 있는 곳과 무중력인 여백이니까? 중력의 저항을 받은 곳과 중력의 저항이 없는 공간인데 마구 넘어 다닐 수는 없을 것 같기도 해. 그뿐만이 아니라 두 공간 사이에 어떠한 켜(=결, 담장/파고)도 있을 것 같은데, 그 격차가 영생불멸과 다 관련돼 있다는 거 아냐?

"햐, 카멜레온처럼 몸으로 빛의 조절능력이 장착되어 있다거나 아니면 파도타기처럼 서핑할 빛깔 타기 센서가 있지 않겠느냐 그런 의구심이 들어?"

그럼, 중력이 있는 공간과 무중력 공간을 넘나들려면 계단처럼 또는 파고처럼 층계가 있을 것이라는 의문이 드는 건 당연하지? 어디, 거기에 대한 답변 좀 해봐? 애구 머리에 쥐가 날라고 그러내, 흐흐. 왜, 대답을 못하고 꿀 먹은 벙어리 모양 딴청을 떠나? 젠장, 다른 건 어느 정도 눈치로 때려잡겠는데 초공간과 불멸에 대한 관계는 솔직히 좀 어리벙벙해.

"그렇다면 지금부터 내가 한 말을 잘 들어 봐."

일정한 대기권에서 빛의 속도는 지구 내의 만물의 속도보다 더 빠르지? 그렇다면 무중력 상태에서도 그 진리는 변하지 않고 통할까? 또는 안 보이던 고차원(5차원 이상 10차원까지)의 공간을 무중력상태에서는 볼 수 있도록 뭐가 형상화돼 있을까? 참, 애매曖昧하고 아리송하잖아.

"그럼, 대기권 밖의 무중력 공간을 초공간이라고 하자! 초공간이 일률적으로 평평한 게 아니라 빛으로 된 굴곡이 있고 파동이 있을지 누가 아냐고."

"아하, 초월에 관한 의제에 헷갈리고 있구나?"

"그래, 공간을 어떻게 초월하여 초공간이란 말을 쓰느냐 그거야."

그 심정 이해하고도 남아. 하지만 어느 책에서 이 문제를 슬쩍 훔쳐봤는데, 초공간은 '시공을 초월한 공간'이라고 적혀 있었어, 시공을 넘어선 것이라면 4차원을 넘어선 대기권 밖의 공간을 말하고 있잖아 .

"그래, 대기권 밖의 무중력 상태인 우주와 우주간의 여백(space)을 말하는 것 같아?"

나도 처음엔 그렇게 곧이들었거든 그런데 생각을 좀 해봐요. 시간과 공간을 초월하면 죽음의 세계고 시간이 없으니 망망한 세계잖아. 지금 우리가 죽으려고 사리를 논하고 있나? 아니잖아. 공기층이 없는 곳을 말한다면… 그게 바로 5차원 이상 11차원까지를 말하고 있는 세계일 거라고…

"단정하지 마, 이전 세상에서 우리 인류가 초인이 되기 이전에 내린 정의定議니까 그럴 수도 있겠지."

하지만 공기도 없고 시간도 없는 스페이스(space무중력상태)까지 몰아 때려 초공간이라면 어떤 격이 있을 거라고, 그 파동의 공간을 서핑(surfing,)하듯 그렇게 이동하나? 5차원 6

차원~… 11차원, 그런 차원으로 이루어졌다는 가설을 믿는다면? 장님처럼 이렇게 더듬다보면 날 새겠다. 흥.

"그럼. 그 말이 노상 그 말인데. 파동이다, 파도타기다. 그런 공간을 말하는 것은 쉬워, 그렇지만 공기가 없는 세계에서 그 파동이 뭐로 되어 있나 그거지? 빛의 물결? 아니면 빛의 파장일 거고 그 굴곡을 어떻게 서핑 하느냐? 그 말이거든."

그래서 그 괴청년을 관심 있게 살펴봤거든 온몸 전체가 카멜레온처럼 끊임없이 변색하는 기능이 깔려있더라고. 골똘히 생각해 봤는데 그 보온색의 기능이 빛의 파도타기와 관련이 있는 것 같았어. 대기권 안쪽은 일반 공간, 그렇게 전제해 놓고 초공간이란 허공에 빛의 파동으로 차원을 통과해야 한다면 거기에 따라 빛의 색채파동에 적응해 나가야할 거라고 봐.

"빛의 파동이 차원의 결이 될 것이고 그 결의 초공간에 사나운 회오리도 있을 테고, 우주토네이도나 블랙홀도 버티고 있을 텐데 그 초공간을 파도타기로 휘젓고 다닐 것이라면 센서가 필요할 것 같아.

"초인들에게는 다 대처할 초능력이 깔려 있잖아?"

가령, 텔레파시로 감응하고 염력으로 물건을 이동하고 독심술로 장애물을 미리 읽어내면 되잖아. 초능력이 폼으로 장착되어 있나? 걱정 마, 독심술이라는 촉이 장식품으로 존재하지 않을 테니까. 그래서 초인들 세계를 무소불위의 세상이라고 하잖아. 거기에다 독심술이란 우주항법장치까지 장착되어 있잖아. 그러니까 걱정 뚝! 꺼주서… 그렇다면 초인들에게 초능력이 어떤 절차에 의해 입력되었는지를 점검해 보고 넘어갈까?

그래, 허풍만 떨지 말고 실적을 검점해 보자 그거야. 염력念力이 입력되는 과정부터 더듬어 보면 초인이 인간일 때 그러니까 지구에서의 인간사는 21세기가 동트기 이전부터 실제로 초인을 제작하는 단계에 접어들었는데, 2014년 월드컵 개막식에서 사지가 마비된 환자가 시축하는 이벤트가 열렸데, 그때 의족이 된 환자의 뇌에 특수제작한 칩을 삽입하고 외골격을 조종하는 휴대용 컴퓨터에 그 칩을 연결하여 환자가 생각하는 대로 외골격 다리를 움직이게 하는 실험이었데. 그 방법으로 건장한 축구선수처럼 시축하는 장면을 연출했었데.

"성공했나요?"

"성공하였으니까 여기에 소개된 것이지. 그러한 실험 단계를 거쳐 초인들에게 완벽한 염력프로그램을 깔게 되었다는군."

다음으로 텔레파시(telepathy)를 어떤 경로로 초인에게 입력시켰는지 살펴볼까요? 그것 역시 귀에 장애가 있는 환자에게 인공달팽이관을 주입시켜 귀로 들어오는 전기신호를 청각신경으로 변환하는 작업에서부터 출발하여 나중에 초인들에게 그 프로그램을 깔게 되었데요.

"햐, 대단하군."

독심술讀心術에 대한 발전 단계도 처음에는 시각장애인에게 인공망막의 도움을 줘서 그 장치를 외부카메라에 달거나 망막에 직접 부착하면 시각영상이 전기펄스로 변환하여 뇌에 전달되고 그 뇌는 다시 본 신호를 분석하여 눈앞에 보이는 풍경을 시각화해 준데요. 이런 초보 단계를 거쳐서 초인의 초능력에 접목하였는데 성과들이 아주 좋았데요. 야~, 허풍인줄 알았는데 실제로 실천하고 있었구나.

"초능력은 어느 한 부분만 집중되는 게 아니라 복합적으로 적용되는 시스템을 구축해야 하기 때문에 한 작용에서 여러 기능을 내부 거래하는 블록체인형식이 많다고 해요."

하나만 더 짚어 보고 넘어 간다면 마음의 무소불위한 힘을 작업에 동원하는 실험인데요. 물론 이것 역시 초능력인 '염력'에 관한 접근일 것 같지만 텔레파시나 독심술에도 이 기능이 제공된데요. 진척된 단계를 한번 점검해 볼까요?
"기억유지장치를 메모리칩으로 개발해서 알츠하이머 환자에게 주입하여 기억을 되살리는 실험에서부터 시작되었데요. 검토해보고 넘어가자고요."
"휴, 흥미진진한 실험이 많았네요. 집중해서 짚어 볼 대목이네."
만약 어느 한 우주인이 낯선 행성을 탐험하다가 부지기수로 많은 정보를 얻었다가 여행 도중 죄다 까먹어 버렸다고 가정해 봅시다. 까먹는 문제를 예방하기 위해 사전에 취득한 정보들을 컴퓨터에 저장해 두었다가 다음 기회에 그 컴퓨터를 사람의 뇌로 업로드하면 기억이 되살아날까? 하는 체험인데요.

지구촌으로
  소풍 나온 외계인

예를 들어 거대우주를 탐험하다가 천문학적인 정보를 얻고도 그것을 저장해 놓지 않으면 까먹을 확률이 비일비재할 거 아녀요? 맞아, 그런 문제를 예방하기 위해 우선 선취한 정보를 컴퓨터에 저장해뒀다가 나중에 뇌로 업로드하여 정보를 되살리는 효과를 얻었더군요.

"야!~ 그런 실험에까지 성공하여 나중에 우리 초인의 몸뚱이에 초능력프로그램을 깔았구나."

그런데 문제가 하나 발생했어요. 뭐죠? 그렇게 가다가는 나중에 초인이 아니라 힘세고 영리한 로봇이 탄생하지 않겠어요? 생각해 보세요.

"그렇다손 치더라도 어쩔 수 없어요. 거대우주의 블랙홀이나 우주토네이도를 감당해야 되니까."

그렇다면 그 로봇을 보고 초인이라고 할 수 있을까요? 아니잖아요. 인간을 넘어 초인으로 진화한다는 것이, 결국 초능력을 지닌 슈퍼로봇이 탄생하지 않겠느냐고요?

"흐흐, 심각한 문제가 도사리고 있었군."

그렇지 않아도 초능력을 보유한 로봇을 인간의 진화물이라고 봐야 하느냐 아니면 로봇으로 봐야 하느냐, 하고 물고 뜯고 먹살잡이를 일삼는 판인데 참 헷갈리네.

"진짜, 초능력 로봇이 인간을 지배하는 사태가 도래할까 두렵고 겁나 죽겠어요."

바로, 그런 문제들 때문에 인류가 기계와 사람의 신체 일부를 섞어서 초인으로 진화하는 방안을 고집하는 학자들도 많았다. 스핑크스초인이 탄생되면 우주이민과 우주개발 더 나아가 영생에 유용한 효자가 될지언정 인간의 존엄성과 맞물려 후사가 만만치 않을 거라는 쟁점을 안고 있데요. 그런 문제를 감안해 보시면 초인 사회를 이해하는데 큰 도움이 될 것 같아요.

"햐, 영생을 위한 프로그램이 아주 복잡한 문제들과 맞물려 있군요?"

그럼, 다음으로는 초인들이 우주와 우주 사이를 넘나들며 이동하는 수단에 관한 문제를 짚어 보고 넘어갈까요?

"기왕에 나섰으니 더듬어 볼 수 있는 사례는 죄다 짚어 보고 가자고요."

어쨌거나, 초능력자라면 축지법을 써서 수만 킬로미터를
단숨에 이동하고 변장술을 써서 원숭이가 되었다가 복슬강아
지도 되었다가 사자도 되었다가, 때로는 백여우도 되었다가
또는 동에 번쩍 서에 번쩍해야 하는 것 아녀요? 그런데 과연
그런 변장술과 이동 수단이 가능할까요?

"초인들의 사회에서는 충분히 가능하죠."

그러고 보니 그 괴청년은 몸이 카멜레온처럼 변색하는 수
단을 강구하고 있었어요. 그 보호색이 빛의 파노라마와 파도
타기에 무관하지 않을 거라고 봐요.

"아하! 그게 빛의 파도타기를 하는 수단일 수도 있겠어."

"초인이 초능력으로 초공간을 이동하는 수단에 그런 보호
색을 활용하여 빛의 파도를 탄다 그거죠?"

그러니까 초인들 사회란 자기 몸을 변색하여 빛을 사용
하는 체계일 것이라는 생각도 들어. 어쨌든 빛의 속도보다
더 빠른 세상사를 원하고 있다면 일각에서는 서로게이트

(surrogate /인간을 대신해 움직이는 로봇)를 이용하자는 주장도 만만찮더라고요.

"괴청년처럼 광도를 이용하는 방법은 없나? 지금의 태양빛보다 더 높은 상위층 광도라면 가능할 것 같아."

우리 속담에 '이에는 이, 눈에는 눈' 뭐, 그런 말들이 있잖아요. 빛의 속도에는 빛으로 대처하는 우주 서핑 수단을 고려해 보면 어떨까요?

"합리적으로 확인된 사안인가?"

"아직은…."

태양빛의 속도가 초속 30만 킬로미터니까 그 태양빛을 지배하는 상위 빛이 이 우주에는 반드시 존재한다고 보는 것이지요.

"그렇다면 빛의 물리학시대가 예고된다. 그런 말인가?"

가령 우리의 지구라는 행성이 태양빛의 조화로 자전과 공전을 하며, 움직이잖아요? 마찬가지로 한 단계 올라가서 은하계를 다스리는 빛을 생각해 봅시다. 행성은하를 다스리는 초은하단의 빛이 분명히 따로 있을 것으로 봐요. 필자의 가설이긴 하지만 생각해보세요. 태양빛에 의해 은하계도 움직일 거라고 생각하나요? 천만해, 그런 바보천치는 아마 이 세상에 없을 거라고 봐요.

"태양계처럼 행성은하를 지배할 은하단의 빛이 따로 존재한다면 질량의 법칙에 따라 그 빛은 태양빛보다 월등하게 광도가 높고 더 빠를 거라는 거죠."

"그 말씀은 빛이 빛을 지배하는 계층으로 초공간이 형성되어 있을 거다, 그런 뜻인가요?"

그렇습니다. 이 우주는 그런 빛의 층계로 말미암아 거대우주가 차원을 형성하고 있을 것이라는 예측이죠.

"빛의 계층에 따라 거대우주가 서로 물고 물리는 차원의 조직일 것이다 그 말씀이죠."

"검증된 사안인가요?"

"아직은?… 호호."

추측이다 그거죠?

"와!~ 그게 진리라면 또 한사람의 천재 과학자가 나왔네."

가만, 그런데 그런 빛의 계층하고 영생과 무슨 상관이 있죠? 이해가 잘 안 돼요.

"떼려야 뗄 수 없는 밀접한 관계죠."

"그게 뭔데요?"

아, 생각해 보세요. 초인들이 거대우주를 활보하면서 행성에서 항성으로 별에서 은하로 은하계에서 또 은하단으로 서슴없이 넘나들어야 할 텐데 그 속도나 광도가 물결처럼 차원의 결을 이루고 있을 경우, 어떤 결과가 나오겠어요? 파도타기처럼 즉시즉시 대처해 나가지 못하면 움직이는데 지장이 생길 것 아니겠소.

"그야 그렇겠죠, 그렇다면 갑자기 차이가 나는 빛의 파동에 배처럼 난파되거나 조난당하거나 침몰하겠죠. 그와 같이 익사하거나 멈춰서거나 그것도 아니라면 타 죽거나 얼어 죽을 경우가 나타나겠죠."

"거봐요, 불멸하겠다는 목표와 전혀 다른 결과를 낳게 될 것 아니냐고요."

"야, 찬찬하네요. 듣고 보니 일리가 있는 말씀 같아요."

어쨌든 어떤 학자가 말했잖아요. '빛에 대해 우리가 다 알고 있다면 이 세상을 설명하는 처음과 끝을 다 알 수 있고, 학문적으로도 단 하나의 법칙을 찾을 수 있을' 거라고.

"햐, 명문이다 명문!"

우주나루터를 개설해서 우주이민을 주도하고 있는 초인—최두식은 사무실 창문을 열고 서쪽 하늘에 기울어져 가는 석양을 감미로운 눈빛으로 바라보고 있었다.

"야!~, 지구의 수명은 저물어 가는데 은하계의 태양은 더 붉게 타오르고 있구나."

아름다운 낙조를 가만히 건너다보면서 나날이 가까워지는 지구와의 작별을 못내 아쉬워하고 있었다.

"맞아, 지구촌 문화에 땅거미가 내리면 은하계 문명에 동이 트겠지."

이것은 순전히 인간의 종이 '몰락하지 않기 위해' 쌓아 올린 기념비적인 금자탑이라 생각되었다.

"그래, 저 반백의 머리가 꼭 아쉬운 마음으로만 물들어 간 것은 아닐 거야."

하나의 문화가 서산에 기울고 또 다른 새문화가 솟아오르는 교차로에서 무수하게 겪어 왔던 도전과 시행착오가 모닥불처럼 모락모락 피어오르고 있었다.

은하계로
이민을 가다

　영생을 얻은 지구촌 초인들은 히말라야 산을 등정하듯 외계은하계를 정복하기 위해 천칭행성으로 이주하기 시작했다. 쉽게 말해 거대우주의 개척이 산꼭대기라면 그 정상을 정복하기 위해 천칭행성에 전진기지(베이스-켐프/base camp)를 친 것이다. 햐, 본격적으로 뜻을 품고 나선 거네. 아침에 눈 뜨면 수천 년 된 원시림에서 들려오는 새 지저귀는 소리와 함께 오전 일과를 시작하고, 과일 익은 향기에 취해 하루를 마무리하는 낙원과 같은 외계행성으로 옮겨 가기 시작했다.

　"우선 이주移住하는 문제가 급선무기 때문에 그 일부터 챙겨야겠어요."

지구에서 이삿짐을 보내면 도착지인 천칭행성에서 짐을 받아 정리하는 시스템을 구축해야 했다. 각 나라별로 공히 2, 3명씩 선발대를 천칭행성으로 이주시켜 이삿짐을 받아 정리하는 팀을 구성했고, 그 후로는 자원자들을 대상으로 오백 가구씩 순차적으로 이주시키기로 규정했기 때문에 그 약정대로 이번에는 2차 이주자를 각 나라 공히 오백 가구씩 이사시켰죠.

그 뒤를 이어 각 국가의 사정에 따라 계속 이민을 이어 나갈 작정입니다. 때문에 짐을 운반하는 과정은 대개 소형컨테이너박스에 짐을 넣고 개인의 염력을 이용하는 형식이었는데 우주이삿짐센터와 같은 대형 회사에서 맡은 짐은 대형컨테이너박스로 해야 했어요. 그 과정이 보기 드문 구경거리가 되었죠. 아, 생각해 보세요. 대형 컨테이너박스는 여러 초인들의 염력이 필요하기 때문에 꼭 집단 낙하산 쇼를 방불케 했죠. 초공간을 통과하는 과정에서도 우주토네이도나 블랙홀을 피해야 하기 때문에 초공간정보에 밝은 직녀성에 그 괴청년이 항법 장치가 되었죠.

"초능력을 지닌 초인들에게도 그런 애로가 있었군요."

처음 도착한 선발대 가운데 야! 이렇게 아름다운 행성도 있었구나 하고 자지러지는 초인들도 더러 나왔어요. 그 정도 맑은 광천수와 우거진 원시림의 행성이었죠. 산과 들에는 향기로운 꽃이 흐드러지게 피어 있었고 청명한 날씨는 어느 환경에서도 찾아보기 힘들 정도로 신선했어요.

"만약 직녀성에 산다는 그 괴청년이 없었더라면 조난당한 초인들도 더러 나왔을 거라고요."

실제로 초공간의 빛다발 파도타기가 서툴러 우주미아로 전락한 이주자들도 상당수 나왔어요.

"햐, 그 괴청년의 길잡이가 이주민들에게는 결정적인 좌표가 되었다면서요?"

선발대로 이주한 초인들에게는 그 괴청년의 뒷바라지가 얼마나 지극정성이었는지 감사드리는 기도회도 열렸어요. 이동하는 과정을 일일이 챙기며 위험지대를 꼼꼼히 체크해주는 바람에 그이가 이주민들에게는 구세주와 같은 존재였죠. 초공간에서 발생할 수 있는 빛의 주파수와 빛의 물결을 파도타기로 헤쳐 나가는 과정에서 그 괴청년의 경험담이 아주 결정적인 역할을 하였으니까요. 초행길인 지구촌 초인들은 그저 그이의 손에 운명을 맡겨야 할 정도로 처녀길이었으니까요.

지구를 출발해 초공간에 진입한지 반나절쯤 됐을까? 제일 먼저 중국 이주민들이 빛의 광야를 통과하면서 우주회오리에 휩싸였어요. 그때 그 직녀성에서 왔다던 그 외계인이 총알같이 날아와 붉은 망토(manteau)로 우주회오리를 날려버리더라고요. 그이의 외투가 그렇게 거센 초능력인지 몰랐죠. 긴급사항에서 생사를 가를 정도로 날렵했고요. 그이의 텔레파시가 레이더망으로 활용하는지 위기관리가 철저하더라고요. 그 순간을 지켜봤던 우리 한국 이주민들은 까무러칠 뻔했죠. 아직은 빛깔의 파도타기가 서툴러서 그런지 평온한 빛발을 헤치며 나간 지 하루 반나절쯤 지나서 또 다른 파트에서 사고가 터졌는데 불란서 이주민들이 블랙홀에 빨려들어 갈 위기에 처했어요. 사건의 지평선에서 대롱대롱 매달려 홀로 빨려들어 갈 위기에 놓였을 때 그 괴청년이 빛다발을 헤치고 나타나 푸른 망토로 또 구조했어요. 그러니까 위기 때마다 망토의 색깔이 달랐는데 그게 광야에 널려있는 빛과 관련이 있는 것 같았어요. 초능력의 위력을 그때 실감했어요. 그리고 이틀

지구촌으로
　소풍 나온 외계인

반나절 만에 목적지에 도착했죠. 그러니까 애벌레-초인 또는 성충-초인 이렇게 초인들의 성장한 과정이 결국 초능력의 성숙도였던 것 같았다. 신생아-초인 이렇게 말하면 그것은 초능력의 미숙 단계라 이런 말이 되겠고, 제법 능숙한 청년-초인? 이렇게 보면 초능력이 어느 정도 완숙 단계에 접어든 초인으로 평가되었다.

"1차 우주이민에서 얻은 경험은 두고두고 초능력의 좌표가 되었겠군요?"

그렇다면 지구촌 출신 초인들이 거대은하계를 주름잡을 날도 머지않았겠네? 손아귀에 넣고 좌지우지할 단계까지는 아니더라도 황무지 은하를 찾아서 개간하고 묵정 땅을 쟁기로 갈아엎고 호미로 땅콩도 심고 호박도 수확할 정도의 여유는 생길 것 같아요.

"와~, 정말 험난한 경험을 다 거치며 우주이민을 한 거로군요?"

하지만 여기는 거대우주를 정복하기 위한 임시 베이스캠프에 불과해요. 더 지대한 사명은 거대우주의 신비를 정복하는 일이기 때문에 우주이민이 정착되고 이민정국이 안정되어야 본격적인 장도에 오를 것입니다. 그 기력을 충전하기 위해 천칭행성에서는 우주인들끼리 서로 모여 상거래도 하고 유대관계도 맺으면서 친목계도 조직하고 또 의형제도 맺고 실향민의 우수도 달랠 수 있는 여유를 가져야 해요.

"야, 안정을 추구하는 습관은 여전히 지구촌 민심 그대로네요."

자원을 마음대로 채취할 수 있다니까 채광사업도 추진해서 서로서로 이득도 나누며 물물교환도 할 수 있겠죠? 물론이죠. '인정은 바리로 싣고 진상은 꼬치로 꿴다는데.' 서로서로 상권을 형성하여 무역도 하고 또 보석이 있는 은하를 찾아서 행성매매도 하며 서로 부동산 거래도 활성화시킬 수 있고 또 지금의 금은보화보다 훨씬 더 고귀한 보석을 찾아서 가공하여 장식품으로도 매매할 수도 있고 또 어떤 거래가 이루어지면 우주인들 상호 간에 얼렁장사도 하며 활발하게 상부상조할 수 있는 희망의 신천지예요.

"와! 좋겠어요, 영생하는 초인들에게 그러한 다채로운 여유가 생겼다니 정말 부럽군요."

"바로 에덴동산으로 이민 온 거네."

평생을 낙원에서 즐기며 살게 되어 부럽소. 초능력자들이니까 조건만 맞으면 뭐를 못하겠어요? 천국이 바로 초인들의 안방이었네. 참 행복하겠소.

1차로 먼저 이민 온 초인세대들은 심산유곡 도원경에서 불로초를 먹으며 거대은하계를 산책하고 다니며 개간도 해서 초인들이 필요로 하는 자원을 마음대로 활용할 수 있다는 것이 더할 나위 없이 흐뭇했다. 그렇게 1년이 지나고 제2차 우주이민이 시작되었다. 빛의 광야를 헤엄쳐 태양빛보다 더 강렬하고 더 빠른 빛의 내성에 숙달연습을 하는데 이제는 제법 빛의 강도와 파동에 능숙해졌다. 야야, 저 영국 이주민들 좀 봐 우주토네이도를 만나 줄팽이처럼 요동치고 있어!

"저 빛의 색소(빛깔)로 보아 엄청난 위험지대야. 회오리 또한 굉장히 센 곳에 빠졌네."

"죽음의 암흑호수나 블랙홀에 버금가는 회오리야."

얼씨구, 지구보다 더 아름다운 도원경으로 이민 간다는 게 저렇게 위험하고 도착하기도 전에 조난당하게 생겼어. 얼른

SOS를 쳐봐. 가까이 있던 소련 이주민들이 긴급구조를 요청하려던 찰나 또 그 괴청년이 광속을 뚫고 나타나서 얼른 노랑 망토를 휘둘러 영국이주민들을 구출했다.

"가만, 저 괴청년의 구출 망토가 구조할 때마다 색상이 다르네."

빛의 속성과 지배하는 빛에 따라 다른 것 같아. 도대체 그 이유가 뭘까? 저게 바로 외계행성에서 적응하는 삶의 비결인 것 같아.

새로운 은하생활의 비결이라? 우선은 은하계를 지배하는 빛의 채광에 적응하고 길들여져야 할 것 같아. 누군가가 그런 말을 했잖아 '빛의 속성을 알아야 우주가 처음 열리는 빅뱅도 읽을 수 있고 또 인류가 애타게 찾는 만능열쇠도 찾을 수 있다고… 맞아, 은하계를 다스리는 빛의 광도나 채광 또는 조도에 대한 내성을 갖춰야 초공간의 빛―광야를 마음대로 누릴 수 있나 봐. 맞아요, 이제는 태양빛보다 더 강렬한 상위 빛에 적응하여 저항성을 길러야 될 것 같아요.

"그렇다면 은하계를 살아갈 진리(방법론)가 따로 있다, 그

건가?"

당연하죠. 지구에서의 인간들은 '데카르트 방법론'으로 살았잖아요. 초인들의 은하계생활에서도 그 방법론 그대로 적용될 것 같아? 천부당만부당하겠죠. 눈치는 도갓집 강아지일세. 방법론이 천양지차로 다를 것을 눈치 챈 초인들은 지구에서는 기계론(말을 차동차로 바꾸는 방법론)으로 살았던 것과 같이 천칭행성에서의 초인들 방법론을 찾아 빛의 법칙으로 바꿔가는 변화를 추구했다. 그러한 격차를 극복하기 위해 우리의 선조들께서는 미리 다 대비해뒀다네.

"대비! 와!~, 그게 뭔데요? 혹시, '빛의 물리학'일까?"

그래그래, '힉스−메커니즘'이라는 빛에 대한 물리법칙이에요. '힉스'라면 빛보다 더 빠르다는 입자로 알고 있는데? 맞아요. 어떤 이는 힉스입자를 신神의 입자라고 해 쌉디다. 하지만 생소한 말인 것 같아요. 그거야 처음 시도한 이론이니까 낯설 수밖에 없죠. 어떤 소설에서는 초능력사회의 물리법칙을 힉스−메커니즘으로 설명하고 있던데 아직은 알아듣지 못한 독자들이 많더라고요. 바로 그게 수난기고 고비에요.

"물론, 인간에게서 있었던 삶과 초인의 삶으로 거듭나는 고비는 크게 겪겠죠."

초인들의 사회에서는 아주 유용한 방법론으로 통일장 이론을 거론하기도 하고 또 힉스—메커니즘으로 내다보기도 하더군요. 그렇다면 힉스메커니즘이 가장 현실이 되는 부분일 것 같은데 실용화 단계에 접어들면 결국은 알고리즘으로 설명되는 세계가 아닐까 하는 예상도 만만찮더라고요.

그러니까 공식은 만능열쇠인데 표현력은 수량화될 것이다. 뭐 그런 말씀 같은데? 글쎄요, 숫자를 통한 자기 이해인지 서핑(surfing)인지 알아듣기 모호하지만 하여간에 미래 학자들이 주장하는 '물결이론'과도 대동소이 하더라고요.

"하기는 초인들의 해법으로 해결하는 시대니까 빛보다 빠른 해결책을 공식으로 내놔야 할 것 같아요."

하하, 힉스메커니즘으로 설명하는 사회에 적용하는 표준규격(게이지gauge—대칭성)부터가 이전 기계론(지구에서 살았던 전생)과는 전혀 달라요. 이전 세상에서는 원자단위로

지구촌으로
소풍 나온 외계인

어쩌고저쩌고하던 세계였잖아요. 힉스의 시대로 넘어와서는 스칼라(scalar=쌍극자)에 의한 문화권으로 진입한 거고 번개보다 더 빠른 속도전(빛의 물리학)에 임해야 해요. 그 초스피드 세계를 설명해 내는 방법론이 바로 힉스메커니즘이래.

"와!~, 말만 들어도 엄청난 격차가 느껴져요."

그러니까 말(馬)을 자동차로 교체하고 소가 끌던 쟁기를 경운기로 대체하던 시대를 넘어 이제는 한 단위 올라서 스핑크스〈기계+사람의 합체, 통일된 단위가 힉스이고 그 힉스단위(쌍극자가 기초가 된=양극이 하나의 묶음으로 통일된 단위체)〉로 설명하는 세상사가 될 것이다 그런 말씀인거죠.

"와! 센스한번 죽여주네요. 그러려면 빛의 속성을 알아야 하지 않겠어요?"

빛은 과거로부터 오는 소식이래요. 가볼 수 없는 우주의 비밀을 가지고 우리에게 오는 옛날의 메아리래. 야, 그거 대단한 진리다. 그뿐인 줄 알아 빛은 시간도 결정하는 수장이래. 하하 만물의 영장인 것처럼 말하네… 흥, 독심술까지 지닌 초인께서 왜 그리 능청을 떠실까? 그러려면, 빛을 헤엄치

며 살아가야 할 초인들의 지혜는 엄청나게 뛰어나야 되겠어
요?

"빼어날 정도가 아니라 신神에 필적해야 될 걸요?"

"어깨를 견줄 정도는 안 돼도 버금가는 수준은 되어야 할
거야."

얼씨구, 하느님에 버금가는 단계까지 오르다가 떨어지면
어떡하려고요?

"떡개구리가 될망정 초인은 신에 가까울 정도의 능력을 지
녀야 해요."

가만, 저기 좀 봐. 저 인도 이주민들은 켜켜이 중첩되어 있
는 빛의 물결에 파묻혀 허우적거리고 있어. 아마 차원의 벽
을 못 읽어서 물결 벽에 부딪쳤나봐. 어떡하지? 빛의 스펙트
럼(빛깔의 파장)을 잘못 읽어서 그럴 거예요. 저것은 눈에 잘
보이지 않는 암흑빛을 감별 못해서 생긴 사고인데요. 빛에는
눈에 보이지 않는 가시광선의 파장보다 더 짧은 파장의 자외
선(파랑에서 보라)도 있지만 더 긴 적외선(빨강에서 주황)도
있는데 저 암흑빛에 실족되었나 봐요. 어떡하죠? 이러한 고

난을 헤치며 초공간을 헤쳐 나가는데 3차, 4차, 5차, 쭉… 8차까지 우주이민을 진행하다가 제9차 우주이민에서 또 대형사고가 터졌다. 선진국이라고 일컫던 미국 이주민들이 위험의 호수라는 암흑지대에 추락한 것이다. 여러 국가들의 협조로 직녀성 그 괴청년이 달려와 스파이더맨으로 변신하여 각고의 고투 끝에 구출해 내기는 했지만 그 함정이 거의 블랙홀의 중력 못잖아 혼신의 힘을 기울여야 했다. 거기에서 얻은 상식은 에너지의 흐름이 불연속적(아날로그가 아님)이라는 것을 알게 되었다. 물질의 단위가 입자라면 에너지의 단위는 양자라면서요. 그렇죠. 양자는 건너뛰기(양자도약)를 한다는데 하늘의 빛이 지상에 흐르는 전자와 같다는 사실을 알고서는 전자가 입자의 성질뿐만 아니라 동시에 파동의 성질을 가지고 있다는 것도 거기서 알아냈다. 그 후 얼마간의 우주이민을 진행하는 동안 전자는 물질파라는 것도 읽어냈다.

"햐! 물질파가 입자이면서 동시에 파동이라니? 두 얼굴을 가졌겠네?"

이들을 해결하는 파동함수(궤도함수)가 광자(빛, 파동)와 전자(물질파의 수축)의 간섭현상으로 이루어진다는 것을 알고 연금술사들은 중력과 전자기장과 강력 약력을 통합하는 통일장 이론을 연구하기 시작하였습니다.

"햐, 우주의 신비를 캐기 위해 힘의 통일부터 이루어내야 했군요?"

그런데 전자기력과 강력, 약력은 통일(양자색역학/QCD= 통일이론)을 이루었는데 중력은 통합이 되지 않았다면서요? 맞아요. 중력+전자기력+강력+약력이 모두 합쳐져야 만물이 론(만능공식=대통일장이론)이 성립되어 세상의 모든 문제를 척척 해결할 수 있는데 중력이 통합이 되지 않아 막혀있는 상 태랍니다. 참 아쉽다. 그것만 해결되었으면 저 은하계에 널 려있는 빛의 광야도 막 누비고 다닐 텐데. 그것이 해결되지 않아서 지금 이주자들이 고초를 겪는구나.

이런 문제가 결국은 차원과 연계되어 있대요. 여러 가지 학설이 있지만 본 작가는 빛의 세계에도 층계가 있지 않을까 하는 추측을 하고 있어요. 그 빛이 겹겹이 중첩되어 켜켜이 겹쳐진 상태라면 멀리서 볼 때 하늘과 같은 막(띠)이 빛깔로 층층이 겹쳐져 있을 거고 그 띠(선)가 차원다짐이 아닐까하는 의심을 낳고 있죠. 어느 학자가 호스(hose)를 멀리서 보면 하나의 선(1차원)으로 보이지만 가까이 가서 보면 둘레와 자질의 겹이 확인돼 2차원, 3차원으로 보인다는 식이로군?

"상식적으로는 굉장히 일리가 있는 지적 같긴 한데…"

"뭐가 또 의아스럽나? 그렇다면 거대 띠(하늘과 같은 푸른 막)가 거대 은하계로 갈수록 층층이 일정한 공간을 두고 겹쳐 있을 거고 그 겹의 띠가 차원이다 그 말 아닌가? 맞아요. 만약 태양계를 지배하는 빛이 은하계까지 지배할 거라고 보세요?"

"천만해 만약 그렇게 되면 우주질서가 뒤죽박죽 엉망진창으로 헝클어질 것 아닙니까?"

그러니까 중력에 의해 우주질서가 정연하게 유지될 것으로 알았는데 우주를 지배하는 빛의 상하계층화에 의해 우주가 서로 충돌하지 않고 자기 역할에 충실할 것이라는 거죠? 큰 세계를 움직이는 빛과 가장 작은 세계를 움직이는 빛이 서로 다른 세계를 움직이는 힘으로 작용할 것이다 그거죠?

"하, 말 되네. 힘의 존재를 알았으니 이제는 빛이 상하층으로 켜켜이 중첩되어 있어서 태양계의 질서가 또는 은하계의 질서가 또는 초은하단의 질서가 서로 헝클어지지 않고 따로

185

따로 자기 임무에 충실할 거라는 추측 말이야… 질량의 법칙에도 적용되는 영감이네? 그렇소, 큰 것을 움직이는 빛의 조도와 작은 것을 움직이는 빛의 조도는 분명히 차이가 있을 거고 거기에 따라 빛의 속도 또한 달라지지 않겠느냐? 하는 의구심을 낳게 되죠.

"상당한 이치를 지닌 것 같기는 한데… 검증되었나요?"

"아직 검증된 바는 없어요."

"그렇다면 돌팔이 이론 아닌가?"

너무 타박하지 마세요. 광도가 높으면 파란색 또는 광도가 낮으면 붉은색. 뭐, 그런 식으로 켜켜이 겹쳐있을 가능성은 없나요?

"아하, 빛발을 햇살에 비춰 보면 무지개처럼 그런 나열로 되어 있나 그거죠? 맞아. 빛과 우주에 존재하는 힘을 조합해서 빛의 광야를 날아다닐 방도를 생각하니 단편적으로 해석할 문제가 아니라서… 그렇다면 힘과 차원을 고려한 복합적인 문제가 우리 앞에 가로놓여 있네.

한편 지구를 떠나 외계은하로 이민 온 초인—최두식과 초인-고경민은 새로 온 행성을 국가별로 영토를 분류하고 거기에 입주할 인구를 배분할 작업에 착수했다.

"잘하셨어요. 지금처럼 야영하듯 계속 이렇게 지낼 수는 없잖아?"

맞아, 5차, 6차… 9차까지 이민세대가 계속 밀려오니까 주거환경을 빨리 개선시켜야 했다.

"맞아요. 앞으로 밀려들 수많은 이주민들을 어떻게 대처할 거야?"

그런데다가 기반 시설이라도 돼있나? 아니잖아. 천재지변에 대처할 복지시설이 되어있나? 아무리 초인들이라 할지라도 우주폭풍 앞에서는 촛불에 불과하다고. 바위덩어리 같은 우주우박이라도 쏟아져봐 어떻게 할 거야? 지금 상황은 어느 모험가가 사방이 바다로 둘러싸여 있는 무인도에 고립된 상태와 다름없어 용수 시설이 돼 있나 아니면 전기 시설이 되어있나 그냥 맨바닥에 덜렁 천막하나잖아. 사회 인프라가 아무것도 돼 있지 않는 상태라고 희망의 땅에 와 있는 게 아니라 우주무인도에 고립된 느낌이야.

"그래, 자네 말이 맞아. 지금의 상태는 거대한 재앙 앞에 노출된 강아지 신세나 다름없어."

초인−최두식(앞으로는 초두식으로 칭하겠음)과 초인−고경민(초경민으로 칭함)은 빨리 각 국가별로 각자도생하는 공동체를 구축하여 자주권을 주기 위해 이주민대표자회의를 소집했다. 그런데 초경민이 아까부터 자꾸 시비를 걸고 나섰다.

"야! 그건 그렇다 치고 우리가 시방 이민 온 행성이 무슨 행성인지 알고나 지내자?"

분위기를 흔들기 위해 뻔히 아는 사실을 가지고 나와 불퉁거렸다 야, 이 초인이 동료들 잡네. 천칭자리라고 수십 번도 넘게 알려 줬잖아? 왜, 그래? 그러지 말고 천칭행성국가에 공통어나 선정해봐. 우리 한국어로 천칭행성국의 국어가 되면 어때? 그래! 내가 해야 할 일을 이제야 찾았어! 와! 기쁘다.

"짜식 이제야 철이 드는 모양이네, 흥."

우주이민을 오면서 서먹서먹했던 분위기가 그 한 방으로

해소되었다. 초두식이 여기까지 와서 정착하는 문제까지 주관하는 입장이라서 이주민이 안정 생활권에 진입할 때까지 책임을 통감하고 모든 문제를 해결해 나가야 했다.

"참, 이런 경우를 두고 '억지가 사촌보다 낫다' 해야 하나?"

일복이 터진 초두식은 새로 이사 온 행성의 지리적 정보를 독심술로 읽어 널따란 마분지에 전체 현황을 그려 내고 있었다. 한 20분 후, 천칭자리의 전체 지리부도가 완성되고 거기에 빨강 싸인 펜으로 이민 온 대상 국가들을 체크하고 각 국가별 이민자의 분포도를 작성하여 오늘밤 안으로 이주민대표에게 배분할 작정이다.

"누가 이 사실을 '억지 춘양이'라고 하지 않겠는가?"

혼자서 고시랑고시랑 쌓인 스트레스를 해소시키면서 열심히 일을 서두르고 있는데…

"야!, 이거 좀 도와 줘."

"아냐, 그럴 시간 없어. 너는 내가 제시한 공통어나 해결하고 돌아와."

"이제는 너는 너대로 나는 나대로 살자 그거야?"

야! 이 친구 초인 잡네. 초능력으로 자기 일을 자기 스스로가 챙겨야지. 바쁜 나한테 와서 왜 들들 볶나?

"뭐, 내가 언제 너를 들들 볶았냐? 하하. 되게 웃기네…"

"에그, 이 친구 진짜 어쭙잖네."

"그런 것은 이민사회가 안정된 후, 천천히 챙겨도 되잖아?"

"야~, 너는 너무 안이한 생각만 해."

내가 언제 넋을 놓고 있었다고 그래. 나도 나름대로 우주 생활에 정착할 새 방법론을 찾고 있었다고 지구에서 쓰던 기계론은 이제 낡아서 폐기해야 된다며 은하계 생활에 필요한 방법론을 찾고 있는 중이라고.

"방법론은 이미 연금술사들이 앞장에서 다 예비해 뒀잖아."

"얼레, 언제? 그러면 그걸로 거대우주의 빛 광야를 헤집고 다녀도 되겠네."

"왜, 다른 사람이 다 해결했다고 하니 떫으냐? 입술이 파르르 떨리게. 그 이유나 좀 듣자?"

선망건후세수先網巾後洗手라고 했어. 앞에 처리할 일이 있고 나중에 처리할 일이 있는 거야. 왜 뒤죽박죽 흔드나.

다음 날 아침 일찍 직녀성의 그 외계인이 천칭행성으로 놀러왔다. 맨손으로 오기 멋쩍다며 예쁜 인형과 아주 아름답고 향긋한 꽃바구니를 들고 나타나서 이민 선두주자들에게 전했다. 각국 대표로 이주한 초인들은 그를 박수로 맞이하며 자주 놀러 와서 거대우주에서 살아갈 정보를 좀 일러 달라며 졸라댔다. 그러자 그 괴청년 왈, 이민 정국이 안정되면 관광차 한번 직녀성을 구경했으면 좋겠다고 덕담을 전했다.

"흐흐, 이번 개각에 제가 천칭행성의 이민을 유치한 공로로 홍보부 장관에 임명됐어요."

야, 브라보! 축하드려요. 지구촌 초인들이 우르르 몰려와 살신성인으로 도와준 그에게 인사를 가려던 참이었다며 모두 박수로 환영했다. 자, 자! 우리가 이주하면서 얼마나 피곤하고 마음고생을 하였습니까. 하지만 이제는 눈 녹듯 다 해소됐어요?

"천칭행성의 이주민을 위해 만세!"

"직녀성 홍보부 장관 만만세! 파이팅!"

직녀성의 터전이 아름다워서 그럴까? 외계인 당신은 어쩌면 그렇게 천성이 고우세요? 정말 우리가 이사할 때 성심성의껏 도와 줘서 모두들 감격하고 있답니다. 그런데 직녀성이 여기서 어디쯤 되나요?

"저기 거문고자리라고 보이죠? 바로 거기 베가은하예요."

칠월 칠석 날은 전에 살았던 지구촌에서도 명절로 맞이해 맛있는 음식도 해 먹고 견우와 직녀가 만난다는 오작교도 구경하고 그랬는데… 맞아요. 그 이튿날 머리가 벗겨진 대머리 까마귀를 찾느라 아이들이 얼마나 수선을 떨고 난리였는데 이렇게 인근으로 이민 올 줄은 꿈에도 생각 못했어요. 호호, 여기 천칭행성도 많은 미담설화가 전해오고 있어요. 선과 악을 저울로 다는 행성이라느니 고대 메소포타미아에서 사용했다는 받침대 없는 접시를 실로 매달은 저울이라느니, 알파별과 베타별이 서로 우정을 나누고 있다느니, 갸륵하고 기특한 얘기들로 가득 찼더라고요.

"천칭행성은 왜 똑같은 행성이 둘로 나란히 붙어 다니죠?"

"그거야 서로 우애가 좋은 형제니까 그렇겠죠."

이제 각 국가별로 땅이 분할되었으니 거기에 이주자들을 편성하여 지도급 리더도 한 명씩 선출해서 각 국가별 지도자로 임명했다. 거대한 구조조정이 이루어진 것이다.

"천칭행성의 전체를 이끌 글로벌 리더로는 초두식이 전체 대의원회의에서 압도적인 지지를 얻어 의장으로 선출되었대요."

"그이의 친구 초경민은 어떻게 됐나요?"

의장 취임식이 끝나봐야 알 것 같아요. 각 국가별 지도급 회의가 속개되고 있으니 거기에서 천칭행성국가의 국어를 한 국어로 결정한데요. 공통어가 선정되면 아마 초경민이 이민 사회에 리더로 인준될 거라고 해쌉다. 내일부터는 캡틴궁을 새로 지을 기공식도 있을 거구요. 일반초인들의 주택단지도 함께 착공될 거라고 합다. 수도 사업 등 국가의 인프라 구축이 본, 궤도軌道에 진입할 것인데 초인들이 초능력으로 공사를 진행하니까 한 달 안으로 모두가 완공되겠죠? 그렇게 되면 전 세계의 구조조정이 완성되어 미국 또는 소련 하던 국가의 명칭이 사라지고 천칭국가의 미국-주 또는 소련-주 이렇게 지방행정구역인 주州로 편성될 것입니다. 거기에 초경민은 한국-주 초대 주지사로 뽑힌 거죠. 야!~, 천칭행성의 글로벌체제가 볼만하겠네.두 개의 행성에서 우선 알파행성에서 정식 국가를 출범시키고 베타행성은 거대우주개발의 전진기지로 사용할 것입니다. 초인들 사회라서 모든 일이 일사천리로 진행되어 곧 제도와 안전망이 안정권에 진입할 것입니다.

"하아, 천칭행성국의 체제가 날개를 활짝 편 것이네?"

"이것은 곧 만능공식시대를 예고한 것이죠?"

한국 주지사 초경민은 천칭행성 주변에 널려있는 별자리들을 하나하나 점검해 나가기 시작했다. 직녀성의 괴청년이 어느 새 초경민 주지사 곁에 바짝 다가서서 저 넓은 우주광야를 체크하며 앞으로 살아갈 비결을 하나하나 가르쳐 주었다.

"저 붉은 파장은 점점 짧아지면서 다른 색깔로 변해가죠? 빛의 변화를 잘 읽어야 해요."

"저기 저 별은 빨강에서 주황색으로 또 이쪽별은 파란색에서 보라로 변하는 중인데. 왜 그렇죠?"

지구촌으로
   소풍 나온 외계인

이런 별의 빛깔과 귀하의 보온색채와는 무슨 연관이 있나요? 카멜레온처럼 초능력이 외부의 빛에 반응하는 그런 역할을 하죠. 우주나들이에서 그 색채의 센서로 빛의 파도를 타거든요. 저 보라색을 보세요. 파장이 아주 짧은 빛이에요. 그뿐인 줄 아세요? 눈으로 확인할 수 없는 암흑빛들도 많아요. 그 별은 가시광선이 파장보다 더 짧거나 길어요. 지구촌에서는 이런 빛의 정보들을 응용해서 생필품을 개발해 쓰기도 했다면서요?

"맞아요, 이러한 색채의 철학이 아주 중요한 변수로 작용되니 거기에 항시 신경을 써 주세요."

외계인의 이러한 설명은 저 광선이 자신들의 몸에 얼마나 해로운 빛을 지녔느냐 또는 이로운 빛을 지녔는가를 잘 새겨두라는 뜻이에요.

"무슨 말씀인지 잘 새겨들었어요? 지구에서 뿌리내렸던 관습을 센서로 필터링해야겠군요."

앞으로 은하계서 생활하는 초인은 색깔로 판별하는 천재

가 돼서 살게 된다는 점과 여기에 산재해 있는 우주의 음양론
도 감별할 줄 알아야 하고 힘의 통일론과 고차원의 결을 파도
타는 기예에 익숙해져야 했다.

일주일 후, 초두식 의장과 초경민 한국 주지사는 거대우주
에 산재해 있는 은하단 몇몇 군데를 돌아보고 다시 천칭행성
으로 귀환했다. 초행 은하계 나들이라 여러 가지 애로점이 발
견되었다. 초 수상에게 초경민 의원이 건의했다.

"앞으로 알고리즘−가속기를 하나 설치했으면 좋겠어요?
의장 각하."

"이제부터는 초능력으로 감별하세요. 그게 만능열쇠예요."

이제는 빛을 감별하는 능력도 초능력으로 척척 해결할 수
있어요. 두 지도자는 앞으로는 초능력이 만능공식이라는 것
을 강조하고 있었다.

"여럿 음률音律이 모여서 아름다운 화음을 내듯이 과연 이
우주는 빛이 만들어 내는 교향곡일까… 그렇다면 그 협주곡
은 누구의 걸작일까?"

만능공식을 선취한 초인과학자들이 말하기를 빛과 끈이 연주해 내는 세계가 바로 우주라고 하더이다. 초 의장은 은하계의 창문을 활짝 열어젖히고 동녘 하늘에 떠오르는 해오름을 바라보며 활개를 시원스럽게 폈다.

야!~ 천칭행성의 해오름이 중천에 떠오르면 저 거대한 우주광야에 널려 있는 수많은 별들도 우리 앞에 무릎을 조아리겠지?

붉게 타오르는 초은하계의 햇무리를 넌지시 건너다보면서 나날이 익숙해져 가는 은하계의 생활에 희열을 만끽하고 있었다.

에필로그

    천칭행성국의 정국이 안정되고 우주이민정부의 첫국무회의가 소집되었다. 각 주지사들이 속속 의회회의실로 모여들고… 국무회의 의장인 초두식은 만면에 화색을 띤 채 현관까지 나와 각 주지사들을 맞아들였다. 미국 주지사가 입장하면서 초 의장에게 너스레를 떨었다.

    "서둘러 이민 오기 잘했죠? 대단한 축복이에요."

    "이주를 게을리했더라면 우주이민은 고사하고 지구촌에서 큰 재앙을 겪을 뻔했어요."

    "하하, 결론부터 묻자면 초능력을 보유하고 있는 외계인을 10차원의 인격체로 보시는 겁니까?"

    "잘 아실 텐데, 뭘 또 떠보십니까?"

미국 주지사는 오른쪽에 물려 있던 파이프를 왼쪽으로 바꿔 물며 재차 물었다.

"10차원에서의 만능공식이 바로 초능력이라 그 말씀이죠?"

"초능력의 형상을 바로 외계인으로 봅니까?"

너무 성의 없이 대답하는 거 아녀요? 아아, 아닙니다. 그런 문제는 본회의에서 논의 돼야 하니까요. 영국 주지사가 들어오다가 그 말에 끼어든다.

"아니! 아인슈타인 방정식에 의해 '초능력=만능공식'이라 그런 말씀 같은데?"

"현관에서 왜 자꾸 이러세요? 곧 회의가 속개될 텐데."

검정 싱글에 빨강 넥타이를 맨 프랑스 주지사가 가까이 다가와 대뜸 쏴붙인다.

"만능공식의 형상인 초인을 통하여 앞으로 초능력사회를 통솔하겠다는 것 아녀요?"

"자, 자! 회의장으로 들어갑시다. 거기서 따지세요."

새로 꾸민 청사에서 천칭행성국의 국무회의가 속개되고 내용은 비공개였다. 초인들의 자기 유전자를 보존하면서 거대한 우주의 미스터리를 파헤치겠다는 의지가 강하게 표출되고 있었다.

"에구, 말이 쉽지. 저렇게 방대하고 심층적인 우주의 신비를 무슨 재주로 파헤쳐… 앞길이 구만리네, 구만리야."

험준한 에베르트정상에 국기를 꼽듯이 거대우주를 정복하기 위해 자일(Seil)을 깔아야겠죠? 초두식은 참바를 걸고 초경민은 거대우주의 암벽에 안전밸브를 맸다. 시작이 반이라고 지금까지 걸어 온 것만으로도 우주의 장막을 절반 정도는 벗겨 낸 셈이다.

제일 캠프인 천칭행성을 출발하여 목자별자리에 올라 제2캠프를 쳤다. 목자별자리는 원래 목동들이 염소나 가축을 방목하여 기르는 별자리였다. 우리가 도착하자 목동들이 다가와서 반갑게 맞이해 주었다. 초두식이 물었다.

"외부에서 보니까 신비한 주황색이어서 왔는데 스펙트럼형이 K이고 절대등급은 +0,2로군요?"

"그렇습니다. 온도는 3700에서 5200왔다갔다죠."

"신선한 땅이라 아주 무궁무진한 발전이 기대됩니다."

두 등산객이 목장에 놓여 있는 와상에 걸터앉아서 드넓은 목장을 감명 깊게 바라보고 있는데 목동 한 분이 염소젖을 권하면서 '어느 별에서 오셨죠?'하고 겸손하게 묻는다.

"아하, 우리는 이웃에 있는 천칭행성에서 왔어요."

"아하, 우애롭다는 그 별자리에서 오셨군요?"

"그렇습니다."

"오래 쉬었다 가실 겁니까?"

"아니죠. 등반하다 들렸는데 바로 떠날 겁니다."

두 탐방객은 우유를 맛있게 얻어 마시고 제2캠프에서 하루를 쉬었다. 다음 등선지는 헤라클래스별자리였다. 거기에 제3캠프를 치고 막 장비를 정리하는데 주변에서 와자지껄 떠드는 소리가 들렸다 가만히 귀를 기울여 들어보니 초인들이 전에 살던 지구행성에 대한 얘기들로 시끌벅적했다.

"글쎄, 지구과학에 의하면 지구의 수명은 45억년밖에 남지 않았데. 그 종말을 피하려고 지구인들이 바로 우리 옆 직녀성으로 이민을 오고 있데.”

“와!~ 그 먼 데서 여기까지 이사를 온다고?”

“그려.”

“누구한테 들었어?”

“어제 베가은하로 출장을 갔다가 직녀성에 사는 청년한테 들었지.”

“왜 하필 직녀성으로 이사를 하죠?”

“아, 그거야 환경이 지구의 생태계와 비슷하고 또 더 아름답고 수명이 기니까 택했겠지.”

두 탐험가는 짐을 정리해 놓고 야단스런 그들의 농언자리로 슬쩍 끼어들었다.

“댁들은 뉘시오?”

“예, 이번에 천칭행성으로 이민 온 탐험댄데 하도 얘기가 재미있게 해서 좀 들여다봤소.”

“얼레, 지구−인큐베이터에서 탈출한 그 친구들이로구나.”

“네. 그렇습니다.”

“아이고, 지구가 노망기가 나기 전에 잘 왔소.”

“그렇지 않아도 미적미적 꿈틀거렸더라면 큰 벼락을 맞을 뻔했어요. 그런데 헤라클레스자리하면 참 무용담이 많든데?"

아, 한마디로 용장별자리죠. 방망이를 들고 머리가 아홉 개나 된 히드라(hydra)를 쳐부셨으니까요. 아 그 물뱀이 아홉 개의 모가지를 들락날락하면서 공격하는데 우리 헤라클레스가 여덟 개의 목은 죽였어요. 하지만 가운데 있는 목은 아무리 쳐도 죽지 않는 불사신인 모가지였죠. 게다가 다른 목을 하나 쳐내면 거기에서 새로운 목이 두 개가 더 생기는 괴물이었으니 얼마나 지긋지긋한 괴물이었겠어요. 그런 상대를 물리친 우리 헤라클레스였어요.

"햐, 놀랍네요. 정말로 용감한 장수임에는 틀림없네."

다음날 두 탐험가는 헤라클레스별자리가 구성성단에 속하며 스펙트럼형이 M이고 절대등급은-13으로 빛깔은 적색이며 온도는 3700이하, k=+0.2으로 성분파악을 하고 다음 등반 코스로 향했다. 이렇게 쭉 거대은하를 하나하나 데이터베이스를 하여 거대우주신비를 차근차근 밝혀 가고 있었다. 그 기간은 아마 영원에 가깝도록 지속될 것이다.

"그렇다면 이제는 초능력으로 사는 방법론을 확립하여야

할 것 아니겠소?"

그 문제는 앞에서 대충 논한 바 있다시피 대통일장이론이
나와 봐야 확정되지만 고차원의 정의가 분명한 모습을 드러
내고 10차원의 형상이 밝혀져야 하는데 필자의 소견으로는
초능력자인 초인이 바로 만능열쇠가 될 가능성이 높다고 했
잖아요.

"되게 애태우네. 빨리 이론이 서야 은하계생활에 활력을
얻을 텐데 말이요."

그렇다면 우주이민은 현재 어느 정도 진행되었나요? 각국
공히 오백 가구씩 8차까지 진행했으니까 거지반은 했잖은가
생각돼요.

"햐, 이민도 겨우 초창기를 조금 넘었네?"

"그것도 죽을 고생을 다 하며 왔어요. 그간 얼마나 뼈골이
빠졌는데."

초두식 의장은 초능력문명을 꽃피우기 위해 피나게 노력
했던 대표주자의 한 일원으로서 경각심을 늦추지 못했다. 우

주정거장에서 오늘도 타 은하를 탐험하느라 노고가 많으신 우주인들 또는 타 우주를 탐사하려 쏴 올린 탐색선들, 오늘도 우주복에 관한 갖가지 연구에 몰두하고 계신 우주과학자들 등 무슨 일이든지 한 사건을 시작하려면 역방향에서 날아오는 준비 기일을 역산해 볼 필요가 있어요. 맞아, 두 역방향이 충돌하기 이전에 위기를 탈출해서 목표를 선취했으니 망정이지, 그렇지 않았더라면 어쩔 뻔했어?

이러한 격변기를 선험적으로 이끄는 분야가 천문학이나 우주과학이 아니라 바로 문학의 역할이라는 거야.
"어허! 엉뚱하네. 문학의 역할이라니?"

문학은 예로부터 전환기 때마다 새벽에 나서서 꼬끼오! 하고 새벽닭 울음소리로 고리타분한 구식 문명을 새로운 문화로 갈아탈 수 있게 여명을 일깨우곤 했어요. 가장 대표적인 예가 15세기 르네상스의 새벽을 일깨운 『신곡』이라는 작품을 되돌아보죠.
"당시는 신의 세계를 아무도 넘보지 못했던 칠흑 같이 어두운 시절이었죠. 그 금단의 문을 제일 먼저 파문한 장수將帥

가 바로 단테의 『신곡』이었어요. 이 작품은 철옹성 같은 종교재판의 암흑기에 뛰어들어 '스콜라철학 시대의 공포기'를 과감하게도 깨부순 용장이었어요."

그러니까 인류 역사상 최초로 신神의 영역을 인간의 시야로 들여다본 걸작이라 그 말씀입니까?

"그렇죠. 신들만 생활하던 지옥과 연옥 그리고 천국을 서슴없이 파고들어 신의 세계를 인간의 눈으로 조명해 봄으로써 인간들의 권위를 되찾으려 새벽종을 두드린 것이죠."

그것이 바로 부활(인간의 존엄성과 죽어있던 인간성의 회복)이고 인본주의(교회적인 세계관에서 벗어나 인간성의 존중과 인간 중심의 문화발전을 꾀하려는 주장)였죠.

이러한 인간 중심의 세상을 열어, 르네상스 문명이 꽃피우게 되었던 것이죠. 우리는 전환기 때마다 이러한 시대적 페이스메이커가 필요했던 거죠. 그런데 21세기를 맞이해, 기계론적 세계관에서 초능력 세계로 넘어오는 커다란 변화가 또다시 고개를 들기 시작했죠. 이러한 격변기 앞에서 노상 옛날의 삶과 희로애락만 주무르고 있는 작품들이 대세를 이루는 실정이었죠.

"정말로 한심스럽고 고리삭은 매너리즘만 매만지면서 어떻게 새로운 샘물을 용솟음치게 할 수 있겠어요?"

지금이 바로 500년 전 15세기 르네상스와 같은 격변기가 용오름하고 있는 시기예요. 인문학적 감성시대에서 과학적 세계관으로 패러다임이 전환하면서 초능력적 문화로 촉을 뻗기 시작했어요. 과학적 세계관이란 뭐죠? 바로 합리성을 먹고 사는 시대라 할 수 있죠.

"합리성이란 뭐죠?"

"확실성에 대한 인과법칙이라 할 수 있죠."

논리의 법칙이나 이치에 맞는 확실성을 숙명적으로 먹고 사는 시대라는 거죠. 그런 측면에서 이 소설은 기존의 벽을 허물어뜨리는 내용으로 가득 채워졌죠. 새로 유입된 현대 과학적 문화는 넌지시 은유를 한다거나 본질을 비틀지 않습니다.

여기에서 전환기적 특성을 읽을 수 있는데요. 15세기 르네상스가 신본위의 세상을 인간본위로 전환시켰다면 21세기 전환기는 그 '인간본위'의 세상을 뛰어넘는 혁명이에요. 나를 뛰어넘어 초인이 되고, 기존의 능력을 뛰어넘어 초능력으로 가고, 기존의 시공간을 뛰어넘어 초공간으로 가는 초스피드 세계로 한층 승화하는 혁명이죠.

"그렇다면 기존이 뭐죠?"

그거야 15세기 르네상스 문명에서 다져놓은 바닥(인간 본위)을 말하겠죠. 그 디딤돌을 딛고 그 너머로 뛰어넘자는 거죠. 당시는 르네상스라는 샘물이 신선한 생수였지만 500백여 년이 흐른 지금은 그 생수도 고리타분한 흙탕물이 되고 말았다는 것이죠.

"뛰어넘는 것도 한도가 있을 것 아니겠소? 무한정 뛰어넘을 수는 없는 노릇 아니냐고요?"

물론이죠. 뛰어넘는다고 해서 인간에서 초인의 단계를 생략하고 단번에 신神의 경지로 뛰어 든다던지 또는 태양계 대기권을 무시하고 당장 공기가 없는 초공간이나 태양빛보다 더 광도가 높은 은하계를 다스리는 빛으로 뛰어들었다가는 당장 타 죽을 수밖에…

"죽기 위해 뛰어넘는 게 아니라 더 월등해지기 위해 뛰어 넘는 거로군요."

이러한 변화 앞에 생물학적 진화로는 불가항력적인 벽壁이 버티고 있어요. 블랙홀과 같은 죽음의 강을 통과하는 문제라든지 또는 타 우주에서 부딪칠 수 있는 혹한이나 펄펄 끓는 환경적 요소를 헤쳐 나가는 방법을 무장해야 한다고요. 가령, 인간의 골격보다 월등하게 강한 탄소 소재로 초인의 뼈대를 교체했다든지 또는 나노 제품으로 혈관을 교체하는 문제또 서로 게이트와 같은 대체이동수단을 다각도로 검토해야겠죠. 물론 윤리 문제가 남아 있기는 하지만 어쩔 수 없이 걸림돌은 뛰어넘어야 해요.

"말로 넘겨짚지 말고 행위로 뛰어 넘는 혁명을 하라! 뭐, 그런 뜻으로 해석되는데요?"

그거야 듣기 나름이겠죠, 하여간 윤리 문제가 가로막고 있다손 치더라도 이 길은 가야만 하는 숙명적인 통로라는 것을 잊어서는 안 될 것입니다. 여기에 다른 요소가 끼어들 틈은 없어요. 설령 방해된 것이 있다 해도 그것은 한낱 변명에 불과한 것이죠.

"타고날 때부터 지니고 태어난 운명이로군요?"

판도라의 상자처럼 비밀리에 갖춰진 경로가 여기에 숨겨져 있죠. 우리는 가끔 비상통로를 무시하다가 위기가 닥치면 대처하지 못하고 최후를 맞는 경우를 종종 봅니다.

인간을 뛰어넘고 나니 그 너머에는 뭐가 버티고 있었죠? 바로 초인이 기다리고 있었어요. 그 초인의 임무는 뭘까요? 또는 현재의 능력을 뛰어넘고 나니 그 뒤에는 초능력이 버티고 있더라, 그 초능력은 뭐를 위한 힘이죠? 바로 거인의 무소불위 힘이더라, 또 지금의 공간을 뛰어넘고 나니 그 뒤에는 초공간이 기다리고 있더라, 그 초공간은 뭐를 위해 깔아 놓은 양탄자일까요? 하는 질문들이 거대우주를 정복하는 기로에 가로놓여 있겠죠. 이러한 난제들이 본 작품 제4장에서 말하고 있듯이 모험하듯 또는 탐험하듯이 그렇게 놓여 있는 게 아니라 우주의 음과 양의 조화로 짜여 있다는 거죠.

"우주의 음양론은 우주의 작용과 변화를 내재하고 있는 아주 심오한 영역이잖아요?"

거대우주에 적응해 살아가려면 이러한 우주의 신비를 파악해서 헤쳐 나가야 해요.

"우주생리를 터득하고 몸에 배게 하라는 주문 같은데?"

우주의 영혼(우주의 마음/우주의 정신)을 타파해야 무한한 앞날을 헤쳐 나갈 수 있어요. 우주는 끊임없이 자율운동을 하는 개체로서 율려작용을 하고 있죠.

"율려律呂라는 말은 처음 듣는 용어에요. 개념이 뭐죠?"

저울질할 율律자와 풍류 려呂로서, 6번의 양陽의 운동을 율律이라하고 6번의 음陰의 운동은 려呂라 하여 음양의 혼성체운동을 끊임없이 반복하고 있다는 거죠.

"이 혼성체운동이 바로 빛에 의해 작용하는 항상성恒常性의 세계죠."

"인문학적 감성문화와 과학적 실존문화가 여기서 통일되네."

율려운동을 동양 사상에서는 우주정신의 본체라 합니다. 그러니까 우주는 음양을 낳기 위해 끊임없이 운동을 하고 율려 운동은 우주를 만들기 위해 음양작용을 하는 거죠. 바로 이 상생 작용이 빛에 의해 주도되는 세계죠.

"햐~, 우주의 음양론이 빛과 연계되었다는 것을 알고 나니 우주의 이치가 훤히 들여다 보여요."

우주 덕에 우주 내부의 만물이 음양작용을 하고 만물의 음 양작용 덕에 우주는 생기발랄하고 이 얼마나 아름다운 거래 입니까.

이러한 상생운동을 통해 우주의 가장 미세한 원소에서부 터 거대한 은하계까지 호흡하고 있다는 거죠.

"야! 초인들이 거대한 빛의 광야를 어떻게 헤엄쳐 살아갈 지 훤히 내다보여요."

너무 놀랍죠? 자! 그럼 빠이빠이~~~

20세기가 저물어갈 무렵 우리는 〈동양 사상에서 꽃피는 미래〉라는 말을 귀가 따갑도록 들었습니다. 대다수 사람들은 그 말이 무엇을 의미하는지 몰라 어리둥절한 채 20세기를 보내야 했습니다. 동양사상이란 대개 '신비주의적 문화'로 이해해 왔어요. 신비주의란 무언가? '초자연적 절대자의 존재를 인정하며 그 힘을 인식의 모든 범위에 적용하려는 생각'이랍니다. 두 번째로는 '직관과 내적 체험으로 신을 인식하려는 철학이나 종교상의 경향'이라 합니다. 무슨 뜻이냐 하면 초인이나 괴인의 세상살이를 인정하는 사상이 되겠죠. 초인超人이나 괴인이라고 하면, 세상을 초탈한 사람으로 행동이 이상야릇하고 괴력을 지닌 도사나 괴물로 인식해 왔죠. 때문에 상

대해 봤자 내가 당하겠구나 하고 외면하기 일쑤였어요. 실제로 그러한 초인을 찾아보려야 찾을 수 없고 하나의 상징물에 불과했다고 생각됩니다.

21세기에 와서는 그 인식이 바뀌어졌습니다. 세월이 흘러 작금에 접어들면서 세계 각국에서 초超－문화가 고개를 들고 일어나 너도나도 그 분야를 개척하려고 열을 올리기 시작하였죠. 과학이란 도구를 쥔 코 큰 대장장이들이 신비주의 상징물인 '초인'을 제작할 수 있다고 팔을 걷어붙이고 나선 것입니다. 그중에서 인공지능프로젝트가 눈길을 끌었고 초능력(텔레파시, 독심술, 염력) 분야는 세계 각국에서 각개전투식으로 발전을 거듭하는 실정이 되었습니다.

앞으로 50년쯤 가면 소설 분야에서도 대대적인 물갈이가 이루어지지 않을까 하는 예측을 해봤습니다. 사회가 변하는데 문학 분야에서만 노상 하던 식을 고수하고 있으면 되겠습니까? 본 저작은 그런 측면에서 새로운 방식을 선택해 봤습니다.

변화되어 가는 시대에 앞장서서 새벽종을 울려야 할 문학이 도리어 시대에 뒤처져서 사회적 퇴물이 되어서는 안 되겠다고 생각했기 때문이죠.

이러한 소신에는 아주 굳건한 신념이 깔려 있는데요. 바로 사회적 트렌드(trend)가 그쪽으로 기울어져 있기 때문이죠. 그런 측면을 거울삼아 과거에는 잘 쓰지 않았던 직관적이고 사실적인 묘사로 독자께 어필해 보려는 노력을 게을리 하지 않았습니다. 가까운 장래에 이러한 내용이 독자들을 매료시키는 걸작으로 태어날 수 있다는 확신을 갖고 있기 때문이죠.

모든 사회적 패턴이 과학적 패러다임으로 기울고 있는데 유독 문학 분야에서만 고리짝 같은 과거 속에서 뒤웅박 신세가 되어 있으면 되겠습니까. 저는 단연코 외칩니다. 15세기 르네상스가 이끌었던 요소환원주의(기계론적, 은유적)적 관행에서 벗어나 이제는 새로운 21세기적 기차에 몸을 실어야 한다고 말입니다.

과학이 사회의 중심축으로 자리하게 되면 사회적 한 분과인 문학에서도 획기적으로 전환하는 바람이 불 것이라는 당연한 이치 때문이죠.

저의 판단이 주제넘은 생각인지는 모르겠습니다만, 이런 문제를 내놓고 오랜 장고 끝에 본 소설을 잉태하게 되었습니다. 탈고를 마치고 과연 본 졸작이 SF(공상과학소설)의 언덕을 넘어 순수문학의 한 장르로 자리하기를 기원하면서 그 향배向背에 저울추를 달아 놓고 기도하겠습니다.

그런 측면에서 오롯이 과거의 문학적 패턴을 벗어나서 새로움을 추구하려 노력했던 거죠. 여기에는 분명한 몇 가지 이유가 깔려있는데요, 과거에서 지금까지 현재의 경험이나 지나간 삶(추억 또는 역사적 사실)을 소재로 작품을 다루거나 아니면 생활 속의 희로애락을 내용으로 하는 작품들이 순수문학으로서 대세를 가름하고 있었던 것도 사실이었습니다. 이 부분을 냉철하게 성찰해 봐야 할 것입니다.

이제는 과학적 언어로도 생활 속의 희로애락을 얼마든지 다룰 수 있는 시대에 와 있다는 거죠. 과거에도 이처럼 미래를 소재로 다루는 작품이 있었습니까? 그러나 그들은 거의 외면당하기 일쑤였죠. 그런데도 불구하고 본 작품은 그 전도를 뒤집어 볼 생각으로 미래를 소재로 명명백백하게 과학적 근거를 내세워 서술해 봤습니다.

물론 생각이 다른 사람들도 많겠지만 뜬 구름 잡는 소재를 주제로 기획했다거나 실현될 수 없는 허구를 다룬다거나 과거를 거울로 미래를 비추는 은유적 작품이 아니라 미래의 창조적 사고력이 녹록하지 못한 현실에서 오로지 앞으로 나아갈 방향을 제시했다는 점이 다른 소설류와 비교될 수 있을 것으로 봅니다.

새로운 길을 닦아 사회적 단상 위에 올려놓고 싶다고요? 그렇습니다. 지난날 감성적 인문학 세계관에서는 미래를 소재로 작품을 어필할 자료(소제 또는 언어)들이 거의 미미했던 것도 사실이었던 것 아닙니까? 다시 말하자면 은유적 관행에서 인류가 삶을 영유하고 실현해 나가는 소재를 암시적으로 표현하는 작품들이 대세였기 때문에, 대중문학이 수식어나 형용사 일색으로 세상을 아름답고 곱게만 표현하려는 수준에 머물고 있었을 뿐, 앞날의 전도를 실감 나게 표현하는 작품들은 거의 사멸되다시피 하였던 것도 사실이었습니다.

그러나 21세기를 들어서면서 세상은 급격하게 변화하였고 그 중심에 과학이 있다는 점을 유념하면서 미래를 표현할 과학적 자료(소재나 공식 또는 언어)들을 동원해 작품을 만들어 봤습니다. 그래서 그 과학적인 소재들로 미래를 촘촘하게 표현할 수 있는 길을 열어 보았던 거죠. 추상적인 예측이 아니라 앞서가는 진로를 사실적으로 묘사할 수 있다는 것은 굉장한 사회적 진화라 할 수 있습니다.

허구를 논하는 게 아니라 실제적 사실을 동원해서 표현하는 세계를 앞장서 선도하겠다고요? 글쎄요. 저의 능력으로 선두 마차를 이끌 자질이 있는지는 의문입니다만 그런 유형의 작품들이 한 작품 두 작품 모여서 고개를 들면 대세를 이루지 않겠습니까? 그런 측면에서 본 작품에서는 마라톤 경주에서 페이스메이커(pacemaker) 역할을 하겠다는 각오로 변화를 이끄는 노력을 게을리하지 않았습니다. 스포츠에서만 페이스메이커가 있는 게 아니라 문학 분야에서도 선두마차를 이끌 작품이 많이 나와야 한다는 것이지요.

변화의 조짐이 감지되는 안테나라도 있나요? 물론이죠. 분명한 촉수가 나타나 있죠. 따라서 문학도 감성적인 관행에서 아이디어를 제공하는 시야로 또는 은유적으로 늘 되풀이하던 관례에서 사실적이고 직관적인 패턴으로 바뀌어야 한다는 거

지구촌으로
　소풍 나온 외계인

죠. 가령 1555년대에 캄캄하던 암흑기를 잠 깨운 르네상스기의 작품이라든지 국내적으로는 1908년 육당 최남선 선생님의 「海해에게서 소년에게」라는 현대시를 발표하여 전근대적인 문학 양식(시조형식과 창가형식)을 근대 자유시 형식으로 바꾸어 냈던 것처럼, 문학의 패러다임을 전환해야 한다고 생각합니다.

그렇다면 본 작품을 그러한 역할에 충실했다고 생각하나요? 부족한 면이 많지만 초인들이 사는 초능력 사회는 순간적이고 반사적이어야 합니다. 에둘러 표현하고 은유적으로 돌려칠 여유가 없는 세상이라는 점을 감안하셔야 할 것 같습니다.

기라성綺羅星 같은 선배제현님들 앞에 제가 주제넘게 나서는 건 아닌지 송구스럽습니다. 감사합니다.

벽파 최휘남 배상

지구촌으로 소풍 나온 외계인

초판 1쇄 인쇄 2022년 12월 26일
초판 1쇄 발행 2022년 12월 28일

저 자 최휘남
발행인 박지연
발행처 도서출판 도화
등 록 2013년 11월 19일 제2013－000124호

주 소 서울시 송파구 중대로 34길 9-3
전 화 02) 3012－1030
팩 스 02) 3012－1031
전자우편 dohwa1030@daum.net
인 쇄 유진보라

ISBN ｜ 979－11－92828－05－3*03810
정가 13,000원

*정부창작지원금수혜작

도화道化, fool는
고정적인 질서에 대한 익살맞은 비판자,
고정화된 사고의 틀을 해체한다는 뜻입니다.